# ノスタルジック・オデッセイ

## 失われた愛を求めて

重久俊夫

明窓出版

## CONTENTS

人生は蜃気楼。かげろうや夢に似ている。

ナーガールジュナ『中論』第十七章

# プロローグ

## 1966年・陽だまりの彼

1

中庭に面した大きな窓からは、夏の明るい光と心地よい風が、静かに部屋に入り込んでいた。表通りの車の騒音は、三階のこの部屋にはまるで届かない。実際に待たされたのはほんの数分なのに、思わず私は居眠りしそうになってしまった。

「お待たせ！」

ふすまが開いて、隣の部屋から彼が入ってきた。手にはそれほど大きくない画集のようなものを持っていた。

「これが、十牛図だよ。古本屋で初めて見た時は、感動しちゃったよ」

授業で使ったテキストやノートを押しのけ、彼は画集をテーブルの上に置いた。それから、私の向かい側にすわり、あわただしくページを開いて、モノクロの水墨画を見せてくれた。

「五百年前に描かれた日本の墨絵だよ。作者は禅僧の周文。東洋的な神秘の空気がはっきり伝わってくる。フランスでも東洋研究はすごく盛んで、パリには東洋美術専門のギメ美術館があるし、文化大臣をやってるアンドレ・マルローは、戦前からアジアを渡り歩いてたことで有名だ。ぼくも多少は勉強したけど、それでも、こんなのは見たことがない」

そういって、子どものように目をキラキラ輝かせた。

今度は東洋趣味なの？　私は心の中で絶句した。ついこの前は、ＳＦに夢中になってたくせに、まるでバラバラじゃない！

「牛と牧童を主人公にした十枚の墨絵の連作だけど、深い意味が込められてる。牛は、ぼくたちが追い求めている大切なものを象徴してるんだ。普通は、それは、ぼくたちの『真の自己』だといわれてる。でも、もしかしたら、神とか愛の象徴かも知れない」

今日はフランス語を習いに来ただけなのに、ややこしい話になりそうだった。でも、わけのわからないことにすぐに夢中になる彼に、私もついつい引き込まれてしまう。

## 2

「シーン1」

そういって、彼は有無をいわさず、最初の絵を指し示した。

「題して〈牛を探しに出掛ける〉」

コンパスで描いたようなまん丸い円の中に、若い牧童が周りを見回しながら山道を歩いてゆく姿が描かれていた。

「かわいい男の子ね」

「よく見るとちょっとハンサムかもね。それから、絵の横には説明の文と詩も書かれてるんだ」

そういって、漢字ばかりの文章を説明し始めた。

「あてもなく草むらを分け入って探してゆく。湖は広く山は遠くに見え、道はますます果てしない。力は尽き、精神も疲れはてるまで探しているのに、牛の手掛かりは何もない。聞こえてくるのは、カエデの木にとまる夏の終わりの蝉の鳴き声ばかり」

あらかじめ解説を読んで、暗記しているようだった。

「でも、はじめから何も失っていないとすれば、どうして探し求める必要があるだろう。せっかく持っているものに背を向けると、大切なものを失ってしまったと思い込んでしまう」

まるで詩を朗読するように話し続けた。

「大切なものは、すぐそこにあるかも知れないってわけね」

「そうだね。そして、シーン2。題して〈足跡に気づく〉」

いいながら、彼は次の円を指さした。果てしなく連なる山々が見える深い山奥の道で、牧童はわずかな足跡を見つけたようだ。

「彼は牛の手掛かりを見つける。でも、牛そのものはまだ見つかっていない。ただ、牛が近くにいることは分かるから、足跡をたどればきっと見つかるような気がしてくる」

そして、次の円に進んだ。

「シーン3。題して〈牛を見つける〉」

円の左端には大きな黒い牛の体が現れていた。牛は、木の陰に一目散に走り去ろうとしていた。

「鳴き声が聞こえて、その声をたどってゆくと、ようやく牛が見つかった。でも、牛はまだ体の一部しか現していない。牧童との間にはまだまだ距離があるし、つかまえようとしても、牛は逃げてしまいそうだ」

「思いっきり暴れそうな感じね、この牛」

「次がシーン4。題して〈牛をつかまえる〉」

絵の中では、牧童が暴れる牛に縄をかけて、懸命に引っ張っていた。

「ここでやっと牛の全身が絵に登場するんだ。牧童は、牛に縄をかけてつかまえる。でも、安心はできない。牛はかたくなで勇猛で、野性のままだから、簡単には飼い馴らせない。牧童が油断すれば牛に引っ張られるし、縄をふりほどいて一目散に逃げ出すかも知れない。牛をおとなしく出来るか、牛に引きずられてしまうか。お互いを結ぶものは一本の縄だけなんだ」

「牛って、そんなに暴れるものかしら？」

「牛をぼくたちの『真の自己』だと解釈すれば、分かるんじゃないかな。自分自身の心って、自分のものなのに、なかなか思いどおりにならないじゃん」

確かに、恋心だってそんなものだと私は納得する。

「次がシーン5。題して〈牛を引いてゆく〉」

絵の中では、牛はすっかりおとなしくなって、牧童に縄で引かれながら歩いていた。牛の上から、午後の太陽がぎらぎらと照りつけるのが見えた。

「おとなしくはなったけど、牧童はまだ縄とムチを手放すことができない。牛が勝手に歩き出して、草むらに入ったり、道に迷い込んだりしないとも限らないからね」

「『真の自己』をしっかり掴むのは、簡単じゃないってわけね」

「でも、だんだんおとなしくなって、牛も自分からついてくるようになるんだ」

そういって、彼は画集のページをめくった。

「次がシーン6。題して〈牛に乗って家に帰る〉」

牧童は牛に乗って、ゆらゆらゆられながら家に帰ろうとしていた。乗りながら笛を吹き、笛の音が、かげりはじめた太陽と夕焼け雲のもとで、あたり一面に響いているような感じだった。

「牛と牧童は一体になっていて、縄を持つこともうない。牛を探す旅もこれで終わりだよ。後は自分たちの本来の場所に戻っていくだけさ」

思わず、しんみりとやすらいだ気持ちになる。

「そしてシーン7。題して〈人はいても、牛はもういない〉」

彼の指さす先にあったのは、何ともいえない不思議な絵だった。誰もいない家のすぐ外側で、牧童はたった一人で景色をながめている。遠い山々の間に夕日が沈もうとしているが、黒い牛の姿はもうどこにもない。

「旅から戻った牧童は、荷物を解いてくつろいでる。飼い馴らした牛はどこにも見えないし、牛のことなんか、すっかり忘れてるみたいだ。牛をつかまえるためのムチも縄もどこにもない。一体、牛は本当に存在したんだろうか。それとも、牛と自分が別ものだというのが錯覚だったんだろうか。すべは夢の中だったんだろうか」

そういって彼は、次の絵を指さした。

「シーン8」

「あれっ！」

私は思わず声をあげた。

「題して〈もう何もない〉」

次の絵には深いもやのような光が一面に充ち溢れるだけで、何も描かれていなかった。〝無〟という言葉を、私はとっさに思い浮かべた。

「何もかもが一瞬で消えた。これが真相だったんだ。真理の世界に飛躍すれば、人も牛も、もう何もない」

私が茫然としているのを無視して、彼は次の絵を指し示した。

「シーン9。題して〈ありのままの元に戻る〉」

今度の絵には、岩があり木があり、水が流れ、梅の花が咲いている。でも、人影は見えず、牛も見えず、物音一つしない不思議な世界がそこには広がっていた。

「旅に出るずっと前から、世界は何も変わっていなかった。山は青く、湖は広々として、花は赤く咲き誇っていた。そこにあるのは、ただありのままの世界なんだ」

私がより一層茫然となるのを無視しながら、彼はすぐに次の絵を指し示した。

「シーン10。十牛図の最後だよ。題して〈新しい出会い〉」

それはまた、あっと驚くような絵だった。正面には大きな袋をかついで杖を持った、まるまると太った老人が描かれ、一人の若者と向き合っていた。

「さっきの牧童がこんなに太っちゃったの？」

私は叫びそうになった。

「まあ、そうだね。立派な人格者に成長したって解釈してほしいけど。それが、たった一人で引きこもるんじゃなくて、町に出て別の牧童に会うんだ。魂は新しく生まれ変わって次の世代に受け継がれる。それに、若者の方は、最初のシーンに出てくる牧童と似てないかな？　ぼくには話が循環しているように思えてくる」

## 3

聞きながら、私はもう一度十枚の墨絵を見渡した。1から7までは、牛を探しに行って帰ってくるまでの一つのストーリーになっている。でも、8から10は、一つ一つがあまりにも飛躍していて、まともに理解するには〝シュール〟であり過ぎた。

「牛は、伝統的な解釈では、ぼくたちの『真の自己』だ。でも、さっきもいったように、愛とか神とか他のものをイメージしてもいいと思う。何しろこの図は、見れば見るほど、ものすごいインスピレーションをかきたててくれる想像力の泉だからね」

そういって、彼はまたキラキラと目を輝かせた。彼の想像力の豊かさには、どうあがいても追いつけそうになかった。

ただ、牛が、私たちの追い求めている大切なものの象徴だとすると、牛を探しに行く牧童の気持ちにも感情移入できそうな気がする。

今の私にとって、大切な牛とは一体何だろう？　それはもちろん、あの失恋で失った〝愛〟以外には考えられない！

愛は確かに私のもとから消えた。でも、もしかしたら、新しく生まれ変わって、もう一度戻ってきてくれるかも知れないんだ。今の私は失われた愛を探しに行く旅の途中だから、シーン1に出てくる牧童と同じ状況。だとすれば、この後は一体どうなるのだろう。ひょっとして、今はもうすでにシーン2かシーン3なのかも知れない。そう思うと、気持ちが少しなごんで、思わず笑みがこぼれそうになる。

ただ、シーン8で、それがまた〝無〟になったらどうしようかと思う。そもそも、シーン8は一体どういう意味なんだろう？　少しぐらい考えても分かるはずがないことを察して、私は不吉な予感を封印することにする。

とにかく、今現在のことだけを考えようと思い、そう思いながら画集から目をあげると、まともに彼と視線が合ってしまった。キザで気まぐれで自由奔放なくせに、とても穏やかでやさしい表情が、私のたかぶり出した気持ちを落ちつかせてくれた。

「ぼくはハーフじゃないよ」と何度もいってたけど、透き通ったつぶらな目と子どものような白い肌は、本当に西洋人のように見えた。午後の明るい光と不思議なほどの静けさの中で、思わず時間がとまったように感じる。彼が静かにほほえんでくれて、私もつられて微笑を返す。

私の新しい〝牛〟は、こうして目の前にいてくれるんだ！　えもいえぬ満ち足りた気持ちのまま、そっと心の中でつぶやいた。


出会ってから三ヶ月以上たつのに、彼のことを家族にも友達にも誰にも話していない。いずれ紹介することにはなると思うが、彼の個人的なことは、私自身、まだまだ知らないことが多すぎた。知っているのは当面必要なことだけだ。でも、今の自分にとってはそれで十分だと思う。

彼の名は朝倉久《あさくらひさし》。略して、サクラ。年は私とほとんど違わない。帰国子女。遊び人。

そして、私だけのフランス語の先生だった。

# ノスタルジック・オデッセイ

## 第一部

# 第一章　表参道

1

ありふれた町の中なのに、早春の日差しと穏やかな微風は、肌にとても心地よい。新しい下宿先の「若葉荘」を出て竹下通りを歩いてゆくと、ついこの間までの落ち込んだ気分がうそのように癒されるのを感じた。

あまり広くない道の両側には、民家の塀が続き、所々に青物屋やタタミ屋や酒屋がある。そんなのどかな光景が、今の私にはとてもうれしかった。自転車や三輪の軽トラックが雑然と停めてあるのも見慣れた風景になったし、店先で品物を並べる人の中にも、だんだん顔なじみが増えてゆくのが分かった。

竹下通りを抜けて、明治通りに出ると、二年後には自分も入居する予定の九階建ての学生会館が、少しずつ出来上がってゆくのが見えた。右折して明治通りをしばらく歩くと、道の両側には次第に大きな建物が増え、やがて、明治通りは表参道と交差する。

圧倒されるほど広い表参道も、最近はすっかり車が多くなっていた。道の両側のケヤキ並木には、まばらな歩行者に混じって、外国人の姿も見える。それでも、道路沿いは古い民家や商店がひっそり並んでいるだけで、明治神宮の偉大さを象徴するような表参道の広さとは、まるで釣り合っていなかった。


左折して、ケヤキ並木をしばらく歩くと、今日の目的地の「青山アパートメント」はすぐに見つかった。三階建ての横長の集合住宅が、表参道に沿って、延々と並んでいる。その全体が「青山アパートメント」だが、それは、まるで一つの別世界だった。

私は、実家の近くの山の上に最近できた「未来都市」を思い出した。山林を切り開いて造成した広大な敷地に、真っ白な高層アパートが見渡すかぎり建ち並び、アパートとアパートの間は広々とした芝生になっていて、その間を小道が通り、バスが走り、所々に小さな店屋がある。古い民家などは一切ないので、山の上全体がテレビ映画に出てくるような「未来都市」の風景になっていた。

同じ形の高層住宅がどこまでも建ち並ぶ景色は、青山アパートメントもそれとよく似ている。ただし、こちらは最近できたものでは全くなく、戦争前から建っている古い建物ばかりだった。

コンクリートの壁も色あせていて、一階の住戸表示板の部屋番号も漢数字で書かれているのが時代を感じさせた。昔ながらに家族で住んでいる部屋も多いが、貸し出されて店舗になったり、劇団の練習場になったりしている部屋も多い。今日の私の目的地も、そうした貸し部屋の中の一つだった。

大学でもらったチラシをポケットから取り出して、もう一度、行き先を確かめた。9号館・三階。その場所は表参道沿いにはなく、舗道に沿って並ぶ建物の裏側にあるらしい。裏にまわると、そこは、同じような建物に周りを囲まれた小さな広場になっていた。春の日差しは穏やかなのに人影は全くなく、表通りからの距離はほんのわずかだが、車の物音がまるでしないのが不思議だった。

中庭のすぐ向こう側が9号館で、住戸表示板には「三百二号・外国語クラブ」の文字がはっきり見えた。私は、一階の古びた扉を開けて階段をのぼった。「若葉荘」を出てから三〇分、これなら徒歩で簡単に通えると思った。迷走した学生生活をきっちり仕切り直すには、うってつけの場所になりそうだ。三階まで来ると、少し緊張したが、ゆっくりと呼吸を整えてから「三百二号」のドアを叩いた。

## 2

思えば、夢のような大学生活の四分の一は終わっていたが、まだまだ三年残っていると思うと、それほど惜しくも感じなかった。最初の一年は、私にとって、それなりに充実していたのかも知れない。

春爛漫の新入学。それから、フランス語を習いに「アテネ・フランセ」に通い始めた。直樹と出会ったのは、初級レベルのグループ・レッスンの教室の中だった。飄々とした感じの彼に、一目で私は興味を引かれた。少し話をすると、同じ大学の学部違いの同期生だと分かった。それから、アテネ・フランセに通うのが俄然、楽しくなった。

サークル活動とか他の楽しみもあったので、レッスン以外で会うことはあまりなかったが、夏休みが終わって秋になるころには、私と直樹はすっかり親しくなっていた。カフェで何時間も話し込んだり、大学の中をこれ見よがしに散歩したりすることもあった。直樹はとても親切だったが、いつもマイペースで、女の子に対して貪欲そうに見えないところが心地よかった。クリスマスプレゼントを兼ねて誕生日のお祝いをあげたときは、本当にうれしそうにしてくれた。

しかし、年が明けると、二人の関係はだんだん疎遠になった。彼がアテネ・フランセに姿を見せることも次第に減っていった。それでも、たまに現れると、ゼミの準備が忙しかったとか旅行に行ってたとか、いろいろ理由をつけて弁解したので、そのたびに私は安心した。でも、やがて、彼は全く来なくなった。

私は、大学の彼の学部の教室を、こっそり見に行くようになった。ばったり出会って、また一緒に会話をして、以前と同じようにつきあえることを夢見ていた。しかし、何度行っても、切ない空振りに終わった。冬の寒さが猛烈に厳しくなり、キャンパスに雪が降り積もるころ、彼が大学をやめたという噂をサークルの友人から聞いた。


私は、ベッドの中で泣き明かした。そして、こんなつらい思いをするのなら、恋なんてもうたくさんだと思った。それに、別の愛を受け入れることで、直樹のことが記憶から締め出されるのも恐ろしかった。とにかく、学生生活をもっと明朗に、初心に帰ってまじめにやり直そうと決意した。ちょうど寒い冬が終わり、待ち焦がれた春の気配が訪れて、そんな私の気持ちを運命が後押ししているようにも思えた。

心機一転するためには、まず環境の切り替えが必要だ。そう思うと、自宅を離れて下宿したくなった。原宿駅の近くの竹下通りに、すぐにアパートが見つかり、私は大学生としての二度目の春を、希望通り、下宿生として迎えることになった。近くにはあやしげな旅館もいくつかあったが、両親がこの場所を許してくれたのは、すぐ近くに叔父の家があったことと、近所の東郷神社の隣に、女子専用の学生会館が二年後にオープンすることになっていたからだ。

学校は春休みに入っていたが、勉学に専念することで悲しみから立ち直ろうとしていた私は、大学の中庭で見つけた「外国語クラブ」のチラシに思わず目を引かれた。「帰国子女による安価で安心な個人レッスン！」「英・独・仏語、自由に選べます！」「原宿、表参道から交通至便！」。

フランス文学専攻といいながらまるで語学が身につかず、アテネ・フランセもとっくにやめてしまった私には、ぴったりの教室だと思えた。その日のうちに私は、チラシにあった番号に電話をかけていた。

3

「いらっしゃい。お待ちしてました」

にこやかに出て来たのは、背の高い青年だった。

「ご希望はフランス語でしたよね」

そのまま、中に招き入れてくれた。中は二部屋あって、どちらもタタミの上に厚いカーペットが敷かれ、テーブルと椅子が置いてあった。

「ぼくは福井といいます。フランス語の講師はぼくと朝倉君ですが、曜日の都合の合う方が、担当者ということになります」

朝倉先生も奥の部屋から出てきて、見るからに仲のよさそうな二人が並んで挨拶してくれた。私の希望は火曜と金曜の週二回の個人レッスンだったが、別の曜日を希望していたら私の青春は全く違うものになっていたはずだ。ともあれ、担当は朝倉先生ということに決まり、授業料とテキストのことを話し合って、その日は引き上げた。それが、私とサクラの運命的な出会いだった。


出会いは、二人の悪戦苦闘の始まりでもあった。〝朝倉先生〟はものすごくやさしくて、しかもハンサムだったが、私の方はよい生徒とは到底いえなかった。春の陽気に促されて勢いよく勉学を始めたものの、実力がまるで伴っていなかったからだ。子どものころから物覚えが悪く語彙力が乏しい上に、フランス語の口調になかなか馴染めず、ディクテも全くできない。そんな私を、学校の先生とは違って、サクラはどこまでもやさしく、根気よく、指導してくれた。

でも、私は、行き詰まるとすぐにふてくされたり、茫然と窓の外を眺めたりした。答えられないまま泣きそうになって、サクラをあわてさせたことも何度もあった。

サクラの美男子ぶりを、疎ましく思うこともあった。彼は自分の美貌をよく理解しているようで、にっこりほほえむと私が満足することを確信しているようだった。そういう軽い人間だと思われたくはなかったが、そうはいっても、彼のやさしさと美しさに引きつけられてゆく自分も否定できなかった。三百二号室の前で、わくわくして顔をほころばせながらドアを叩いていることに、はっと気がつくこともあった。そんな時は、恥ずかしさと悔しさがこみ上げてきて、一瞬暗い気持ちになった。

ある時は、直樹の思い出が突然よみがえり、過去の愛が記憶から押しのけられてゆく悲しみで胸がいっぱいになった。そういうこだわりが、サクラをいつまでも受け入れられない本当の理由かも知れなかった。男の人のように、いくつもの愛を使い分けることなど、不器用な女子には無理だ。結局、一定の距離をおいたまま、私はサクラを拒み続け、レッスン中もわざと目をそむけたり、冷たくあしらったりし続けた。それでもサクラは、いつもやさしく丁寧に教えてくれようとした。

レッスンが始まって一月半がたち、五月の連休も終わったころ、授業の後でノートを片づけていると、突然彼が話しかけた。

「ぼくのこと、あだ名で呼んでくれてもいいんだよ」

急にいわれて、思わずめんくらってしまった。

「どんな風に?」

「サクラ。アサクラを縮めただけだけど」

そういって、また穏やかにほほえんだ。私は思わず吹き出しそうになった。小学生のころ、隣の家の住人が飼っていた犬の名前と同じだったからだ。

私の笑顔を見て、彼はよほどうれしかったようで、満面に笑みを浮かべていった。

「そんなにおかしい？」

「だって、女の子みたい」

「まあいいじゃん」

「子どものころから、そう呼ばれてるわけ？」

「そうだよ。女の子みたいだっていうやつは、誰もいなかったよ。もっとも、子ども時分はフランスのブルターニュだったから、日本語の分かる友達はほとんどいなかったけどね」

そういって彼は、フランスでの生活について、あれこれ懐かしそうに話し始めた。ブルターニュは北フランスの田舎で、ゴーギャンの絵にもたびたび登場する風光明媚な田園地帯だということ。自分はハーフと間違われやすいが、れっきとした日本人で、親の仕事の関係で子どものころからブルターニュに住んでいたということ。何組かの日本人家族も近くにいて、幼なじみの友達もその中にいたということ。

「へえ、そうなんだ」、と、思わず私も話に引き込まれる。

その幼なじみは女の人で、サクラの初恋の人でもあるらしい。その人とはそれ以後どうなったのかよく分からないが、とにかくサクラだけが日本に帰ることになって、目下のところは語学教師のアルバイトをしながら独身生活を遊び暮らしているというわけだ。

楽しそうに話し続けるサクラの、西洋人のような透き通った目が、いつも以上にキラキラ輝いて見えた。とても暖かくて日差しの明るい、春の終わりの午後。開け放した三階の窓からはひっきりなしにそよ風が吹き込んで、二人の頬を撫でていく。

少しだが、私は彼と打ち解けていくように感じた。

4

これに味をしめたのか、サクラは時々、自分自身のことを授業の合間に話すようになった。

梅雨空が続き、夏が待ち遠しい六月最後の日も、彼は、自分の〝夢〟を私に語ってくれた。それによれば、フランスの古い文学や映画にも興味はあるけど、彼自身の本当の目標はSF作家になることらしい。SFといえば、普通はアメリカを連想するが、SFの元祖といわれるジュール・ヴェルヌはフランス人だし、今でも、セリエルとかペシェールという作家は、フランスの現代SFを代表している。そんな話を、物に憑かれたように語り続ける彼に、私はいつまでも飽きることなく、面白がって耳を傾けた。

ただ、日本ではSFという言葉自体ほとんど知られていないし、私自身、何も読んだ記憶がない。

「まあ、未来を舞台にした冒険小説だと思えばいいさ。どちらかといえば、男の子向きだけどね」

そういいながら、彼は冷めたコーヒーを一気に飲み干す。

「でも、ぼくには新作の構想もちゃんとあるんだ。いずれ、ヒューゴー賞かジュール・ヴェルヌ賞の受賞作になることは間違いない。またいつか、機会があれば、中味も話してあげよう」

得意気に宣言して、コーヒーカップをテキストの上に置いた。

「作品のヒントになるものはいろんな所にころがってるんだ。日本でも、かぐや姫の物語は有名だけど、SFと神話はもともと近い関係にあるから、古代や中世の宗教文学や伝説はものすごくヒントになる。例えば、有名な十牛図だってそうだよ」

そういって、お決まりの笑顔をこちらに向けてくれた。ただ、十牛図というのがどういうものかは、その時の私にはまるで分からなかった。

# 第二章　秋の日の夢物語

## 1

八月を迎えると大学は長い夏休みに入り、先生たちの多くは山奥の別荘に引きこもって、何週間も続く趣味と研究の生活に没頭し始める。「外国語クラブ」もヴァカンスと称し、レッスンのない日が一月以上続くようになる。私は、神保町の古本屋を探し回ってやっと手に入れた自分用の「十牛図」を、下宿で毎日のように眺めて過ごした。色あせた画集の中の不思議な墨絵を見るたびに、サクラの顔と、彼が話してくれた牛と牧童の物語が脳裏によみがえった。そして、そのたびに、早くサクラに会いたいと思った。ＳＦというのも、いろいろ調べたおかげで、少しだけだがくわしくなった。

大学は九月もまるまる休みだったが、下旬になると「外国語クラブ」は授業再開になる。心を躍らせて青山アパートメントに出掛けた私は、微妙な空気の変化に当惑してしまった。

春のころ、「外国語クラブ」はいかにもヒマそうだった。他の生徒を見かけることはほとんどなかったし、授業の後でゆっくり雑談していても、サクラが時間を気にする様子もなかった。サクラや福井さんたちは、これで食べてゆけるのかしらと、本気で心配したものだ。

しかし、秋になると、生徒もかなり増えたようだった。次のレッスンの時間を決める時にサクラの手帳を見ると、そこにはスケジュールがたくさん記されていた。それはそれで、喜ばしいことかも知れないが、授業がお座なりになるのは我慢できなかった。規格通りのメニューを機械的にこなすだけで、こちらの進度に合わせてもらえないなら、個人レッスンの意味がない。それに、授業の後も次の予定が忙しそうで、ゆっくり話す余裕もなかった。それでも、遊び人のサクラの生計のことを考え、私はおおらかな気持ちで許してあげようと努め続けた。


事件は、十月最初の金曜日に起きた。何と、サクラが、私の予約を（一五分だけだが）すっぽかしたのだ。その日、少し早めに三百二号室に入ってゆくと、サクラは奥の部屋で別の男性の授業をしていた。すぐに終わると思い込み、手前の部屋で待っていたが、奥の話し声はいつまでも終わらなかった。約束の時間はとっくに過ぎているのに、彼があせる様子もない。およそ一五分超過して、ようやく授業は終わり、男性が引き上げると、彼は何事もなかったかのように私を呼び入れた。それから一時間、私は怒りを抑えながら憮然としていたが、彼は自分の落ち度に気づいてすらいなかった。いつものように笑顔を見せれば私が満足すると思い込んでいることだけが、はっきり分かった。

家に帰るとますます情けなくなって、夜になっても眠れなかった。こんな扱いをされるぐらいなら、「外国語クラブ」なんてやめようと決心した。四月以来の短いつき合いだったが、こうして気持ちが離れていく以上、今後の展開に期待などできない。

四日後、今日が最後のレッスンだと心に決めて、青山アパートメントに向かった。ケヤキ並木の色づき始めた木の葉が、別れの季節を演出しているように見えた。

ドアを開けて中に入ると、サクラが出てきて、にっこりほほえみながら、「この前はごめんね」といった。

私は無視した。

それから一時間、フランス語の問いには淡々と答えたものの、彼の顔は絶対に見なかったし、話しかけられても無視し通した。ハンサムな微笑で何とかなると思っていたらしいサクラも、次第に言葉がつまり、悲しげな表情になっていった。

とうとう下を向いて黙ってしまった。

その顔は、大きな高い鼻が前に突き出して、それがまるで鹿の鼻先のように見えた。本当に鹿みたいだと心の中でつぶやいた。そうすると、その連想がとてもおかしくなって、知らず知らずのうちに、こわばった気持ちもなごんでゆくのが分かった。

ほんの少しだが、かわいそうになってきた。何しろ、サクラがこんなに落ち込むのを見たのは、初めてだったから。今までの、やさしくて能天気な顔が、記憶の中によみがえった。

「ねえ、サクラ」

思わず、声をかけた。洋館の壁に掛けてあるような鹿の剥製の首が、ゆっくりと正面を向いたように感じた。

「今日はもう授業はいいよ」

剥製は黙ってうなずいた。

「それより、いつか言ってた小説のことを聞かせて」

「ぼくのＳＦのこと？」

「そうよ。例のジュール・ヴェルヌ賞間違いなしってやつ」

彼の顔をのぞきこむようにして、私はほほえんでいた。いつの間にか、自分がなぐさめる側に回っていることが分かった。

## 2

私は、二つのカップにコーヒーを注いで、サクラと自分の前に置いた。

「ジュール・ヴェルヌ賞を取れたら、サクラの夢もかなうんでしょ。そうしたら、プロのＳＦ作家になって、語学教師なんかあくせくやらなくてもよくなるじゃない」

表情はまだうつろで悲しげな様子だったが、小さくうなずくのが分かった。

「サクラのＳＦは、十牛図がヒントになってるんだよね」

「そうだよ」

少し気を取り直したようだ。

「十牛図の牛は『真の自己』を表してたわ。ＳＦの中でも『真の自己』を探しに行くのかしら?」

「いや、少し違う」

しばらく間を置いてから、ゆっくり話し始める。

「十牛図の牛は『真の自己』だけど、ぼくのＳＦのテーマは神なんだ」

「神?」

「そう。人類が神に再会する物語。もちろん、神といってもキリスト教やギリシア神話の神じゃない。それは、ものすごく科学の進歩した宇宙の彼方の文明のことなんだ」

なるほど、それなら確かにＳＦらしい話だと納得する。

「十牛図のシーン１は〈牛を探しに出掛ける〉だったわね」

「そうだよ。それが、ぼくのＳＦでは、神をめざして出発する人類の物語になるんだ。六百万年前に遠い宇宙から飛来した神は、人類の祖先に目に見えないパワーを注入し、進化を加速させて去ってゆく。その子孫である人類は、ついに宇宙に進出する。そこから物語は始まるんだけど、初めて地球の重力圏を脱して月に向かう宇宙船の旅は、六百万年続いた長い進化の結果でもあるし、父なる〝神〟の領域に戻るための新しい旅の出発でもある。もちろん、そんなことを、人間たちは何も自覚していない。一方、地上では、米ソ関係がどんどん悪化して、全面核戦争の危機が迫っている」

話しながら、次第に調子が出てくるようだった。

「十牛図のシーン２は〈足跡に気づく〉だったよね。ここで、神の痕跡を見つけるわけね」

「そうだよ。人類は月に着々と進出していくんだけど、月の表面のチコ・クレーターの底で、とんでもないものを見つけてしまう。自然物とはとても思えないピカピカの真っ黒な巨石が地中から発見されるんだ。それで、宇宙に偉大な文明のあることが明らかになるんだけど、そういうショッキングな事実は、地球の社会には完全に秘密にされる。やがて、月面の黒い石から、金星に向けて信号が送られていることが分かる。まるで、人類が月の石を発見したことを宇宙の彼方に報告しているみたいにね」

彼がコーヒーを飲み、私は、黙って話の続きを待った。

「それで、宇宙人の正体が金星に隠されていることが分かった。これが、シーン3の〈牛を見つける〉だよ。そこで、人類は秘密のうちに金星探査船アーリアン号を建造し、金星への長い旅が始まる。原子力エネルギーを使った何年もかかる飛行だから、アラン船長とモネ飛行士以外は、全員が人工冬眠状態で旅を続ける。宇宙船の中は、巨大コンピュータの〝レオナルド〟がすべてを管理している」

「十牛図のシーン4からシーン6は、牧童が牛と争って、牛を手なずける話だったわね。SFの中でも、人間が神さまと争うのかしら?」

「まさか、それはないよ。そのかわり、アーリアン号を制御するコンピュータのレオナルドと乗組員とが葛藤を演じるんだ。レオナルドは突然、異常な動作を起こし、冬眠している宇宙飛行士全員を死なせてしまう。アラン船長とモネ飛行士にも、謎の物体が近づいていると偽りの情報を与えて、宇宙船の外に誘い出そうとする。モネ飛行士は、船外活動の途中で命綱をはずされて宇宙空間に流される」

「それって、機械が人間に反逆するってこと?」

「読者は、そういう風に取るかも知れないね。確かに欧米のＳＦでは、コンピュータやロボットは必ず人間に反逆することになってる。人間は人間以外のものを信用するなってわけさ。その点で、ロボットを人間と同じように扱う日本人の感覚とは違うんだ。でも、レオナルドの反乱は、そんな人間中心主義のお説教じゃなくて、宇宙の彼方の神が人間に与えた最後の試練なんだ」

「神の領域に入る前に、人間がためされるわけね」

「そうだよ。だから、間接的な意味では神と人間の葛藤だともいえる。まさに、十牛図の場合の牛と牧童の争いだよ。結局、アラン船長は、仲間を殺されながらも沈着冷静に振る舞って、とうとうレオナルドの機能を停止させる。そして、広大な宇宙を、誰にも頼らずに、たった一人で金星に向かってゆくんだ」

「〈人はいても、牛はもういない〉ってわけね。でも、神は金星にいるわけなの？」

「そうじゃない。神は、無限といっていいような宇宙の遠い場所にいるんだ。ただ、金星のすぐ近くの空間に、神の領域に移転するための入り口がある。アーリアン号は、宇宙に漂う黒い石に導かれて、真空の〝穴〟に吸い込まれる。それは、形あるものがすべて滅した時空の裂け目だ」

めくるめくような神秘の光に充たされた異次元の空間を思い浮かべた。それはまさに、十牛図のシーン８、〈もう何もない〉無の世界だ。

「とうとう神の領域に招かれたんだ」

思わず、私はつぶやいた。

「一瞬でもあり永遠でもあるような時が流れて、アラン船長は、ついに〝目的地〟にたどり着く。でも、気がつくと、そこにあるのは地球上とそっくりの森の光景なんだ。岩があり木があり、水が流れ、花々が咲き乱れている。それでいて、人影は見えず、宇宙船の姿もなく、物音一つしない不思議な世界が広がっている」

「シーン9、〈ありのままの元に戻る〉ってやつね」

「本当は宇宙の絶域なんだけど、神は、地上と同じ風景をあえて再現して、アラン船長に見せてるんだ。それが、何のためかは分からない。アラン船長は森の中をさまよってゆく。どれぐらい時間がたったのかも分からない。いつの間にか、彼は老人の姿になり、自分の使命を自覚して、花々の中に横たわる。その姿がゆっくりと消えていくのを、彼の生まれ変わりの胎児が、妖しげな光に包まれながらじっと見守っている」

「老人から次の世代への生まれ変わり。まさに、シーン10の〈新しい出会い〉なわけね」

「そうだね。六百万年の進化を終えて、人類は新しい種に生まれ変わったんだ。胎児は、自分に何が出来るかを知らない。でも、彼は自信に満ちている。そして、黒い石に導かれて、宇宙の裂け目を通り、この地球に戻ってゆくんだ。地上では、ついに米ソ全面核戦争が始まって、古い人類が終わりを迎える」

「人類の新生ってわけね。ラストがちょっと無気味だけど、一応まとまった筋書きにはなってるじゃない」

そういって、私もコーヒーの残りに口をつけた。

3

「タイトルもまだ決めてない小説で、大筋を考えただけのフィクションなんだけど、時々、作り話だとは思えなくなることもあるんだ」

サクラは、心なしか真剣な表情になって話し続けた。

「宇宙にいる神が大昔に地球に来ていたり、人類がそれに操られてたり。そんなことが、本当にあるような気がしちゃってね……」

いつの間にか、ＳＦだけの話ではなくなっていた。

「それはいいけど、世界が核戦争で滅んじゃうのは、あってほしくない筋書きだわ。でも、宇宙人がどこかに飛来する話なら、確かに聞いたことはあるわね。空飛ぶ円盤に乗せてもらった人もいるみたいだし」

「そうだね。この銀河系にある惑星の数からすれば、神のような高度な文明を持つ星がどこかにあっても、絶対おかしくない。逆に、ぼくらの多くが、今まで宇宙人に出会っていないことの方が不思議なんだ。宇宙人を見たという人はたまにいても、日本とアメリカのようなはっきりした大規模な交流があるわけじゃない。宇宙からの電波を受信しようという大きなプロジェクトもあるけど、今のところ全く成果はあがってない」

確かに、それは不思議だと思う。

「哲学者はそれを、〈大沈黙問題〉って呼んでるんだ。科学者の中には、ぼくたちの太陽系が、宇宙人から特別保護区域に指定されてると考える人もいる。進化の流れを撹乱しないために、辺り一帯が立ち入り禁止にされてるってわけだよ」

「規則を破って特別保護区域に立ち入る密猟者が、時々、宇宙人として目撃されるわけね」

「そうかもね。でも、ＳＦじゃなくても、世界各地の神話や伝説の中に、宇宙からの訪問者のことを表してると思えるものは、たくさんある。そうした昔の神話も、ぼくがＳＦを考えることも、実は宇宙にいる本物の神からの目に見えない力のおかげかも知れないんだ」

本当に面白いことを考えるもんだと思った。それでも、サクラにいわれるとどことなく自然に思えて、不思議な説得力があることも事実だった。もしかしたら、〝宇宙からの訪問者〟こそ出てこないが、十牛図だって、神からのインスピレーションで描かれたものかも知れない。

話を聞きながら、鹿の鼻先のような大きな高い鼻を見つめる。サクラがジュール・ヴェルヌ賞を受賞するシーンが、想像の中で浮かび上がった。レッスンを一五分間すっぽかしたことは、もうどうでもいいと私は思った。

＊　＊　＊　＊　＊　＊　＊　＊　＊　＊

静まり返った暗い部屋の中で、時計の音が午前三時を告げた。

私は、プリントアウトされた原稿から目を上げて、ため息をついた。あさってまでに書かなければならないフランス料理のエッセイが思い出された。そっちの締め切りが迫っているのに、また、無意味なものに熱中して時間を無駄にしてしまった。一体なぜ私は、こんなものを書いてるんだろう。冷静に考えてみても、まるで分からない。

カーテンをめくって窓の外に目をやると、深夜なのにビルの明かりが煌々と輝くのが見えた。

ともあれ、シャワーを浴びて気持ちを切り換えることにしよう。そう思いながら、私はデスクの明かりを消した。

# 第三章　愛、燦々《さんさん》

## 1

秋が次第に深まり、日が短くなり、表参道に木枯らしが吹きはじめるころ、私とサクラの関係はようやく安定に向かうように見えた。フランス語はまだまだ入門レベルだったが、彼とのレッスンが功を奏して、苦手意識は次第になくなっていった。

十一月初めの私の誕生日には、「二〇歳」のお祝いを兼ねて、サクラがキャンディの詰め合わせをプレゼントしてくれた。「君は何歳ですか?」「君の誕生日はいつですか?」といった問答をいやというほど繰り返してきた手前、誕生日を無視するわけにはいかなかったのだと思う。

やがて、年があらたまり、私にとって忘れがたい一九六七年がやってきた。二月になると、生まれて初めて、バレンタインのチョコレートをプレゼントしようと思い立った。

「ねえ、サクラ」

「何？」

「どんなチョコがほしい？」

彼は、店屋の名前とチョコの銘柄を十種類ほど並べ立てた。私は、あきれかえったふりをしながら、その日のうちに銀座に駆けつけ、いそいそと一番高そうな品物を彼のために買い込んだ。

プレゼントを差し出すと、いかにも手慣れた様子で受け取った。他にもたくさんもらっていることはすぐに分かったが、私は気にならなかった。私以外にも女子学生を教えている以上、いくつももらって当然だと思った。義理で教師にチョコを贈る生徒なら、世間にいくらいても何もおかしくない。

一年前と違い、その年は冬の寒さもあまり苦にならなかったが、不思議なことに、これほど親しくなっても、私とサクラの世界は青山アパートメント９号館の三百二号室だけで完全に完結していた。少なくとも、あの美しい竹生島《ちくぶじま》の、春の日を迎えるまでは。

2

春休みに関西に旅行しようと言いだしたのが誰だったのかは、はっきり覚えていないが、私たちが仲のよい女子四人で京都に遊びに行ったのは、汗ばむほどに暖かい四月の上旬だった。高度経済成長のせいで、古い京都がなくなりそうだといわれていたことも、影響していたかも知れない。

神社仏閣を見て、桜を見て、春の古都を堪能した後で、私だけが一日余分に滞在し、たった一人で琵琶湖を見に行く予定だった。一人で琵琶湖に行こうと思い立ったきっかけもよく覚えていないが、サークルの友人の男の子が見せてくれた一枚の写真に影響されたことは確かだった。

「これ、去年の写真なんだけど、自分で撮ってきたんだ」

そういって、彼は少しくすんだカラー写真を教室の机の上に置いた。

「すごくきれいだろ」

確かに、夢のような風景が写っていた。手前には咲き誇る桜の花が見え、その向こうには、かすみたつ空に溶け込むような湖面と、小さな島が写っていた。

「琵琶湖の西岸だよ。桜の名所の海津大崎《かいづおおさき》から撮ったんだ。今年も桜の季節になったら、もう一度行って、目に焼きつけて来るつもりだ。いつか、ぼくが画家になったら、この景色を絵にしてみたいからね」

そういって彼は、食い入るように写真を見つめた。

「この小さな島は何ていうの？」

「近江八景の一つの竹生島だよ。昔から、いろんな伝説で有名な場所らしいよ」

私も、この場所に絶対行ってみようと思った。

実際、その写真がなかったら、女子旅行の最後に琵琶湖まで行こうとは思わなかったに違いない。だが、それはそれとして、なぜか、その場所に引き寄せられるような不思議な力に導かれていたことも事実だと思う。


京都駅に荷物を預け、快晴の天候に満足しながら、あらかじめ調べておいた道順に従って私は琵琶湖に向かった。京阪電鉄・大津線で浜大津駅まで行き、江若《こうじゃく》鉄道に乗り換えて近江今津駅を目指す。京都の町からそれほど離れてはいないが、ディーゼル機関車しか走れない田園の中の単線は、春の旅情をいやが上にもかき立ててくれた。近江今津駅で鉄道は終わり、その後はバスに乗り換えて、湖岸を北上する田舎道を進んだ。

「海津大崎」という停留所で、バスを降りた。目の前には小高い山があり、道路はそのまま山を突き抜けるトンネルに入って行くが、私は徒歩で山を登り始めた。荒れた石段は歩きにくく、高い靴をはいていたらとても登れなかったに違いない。段の上には古い寺があり、そこを過ぎると道はますます細くなり、木々の間を縫うようにしてアップダウンを繰り返した。私はすっかり汗をかき、このまま進めるのかも不安になったが、それでも、迷わず歩き続けた。

山上で突然視界が開け、山の向こうの北側の風景が広がった。トンネルを抜けたさっきのバス道は、湖岸に沿って蛇行しながら遠ざかり、バス道沿いには満開の桜がどこまでも咲き誇るのが見下ろせた。そして、道の右側には琵琶湖の湖面が広がり、その向こうにかすむような竹生島が姿を現していた。上着を脱いでしばらく風に吹かれながら、とうとうここまで来たんだという実感をかみしめた。初めて来た場所なのに、まるで何かに導かれているような落ちついた気になれるのが不思議だった。

登りよりもはるかにデコボコな細い山道を下って、バス道の際までようやくたどり着いた。道ばたに立って湖の方を眺めると、輝くような桜の花房が視界の上部におおいかぶさり、その向こうに、穏やかに波立つ湖面と、竹生島の遠い島影が見えた。写真で見た通りの春がそこには広がっていた。

道路には車も通らず、わずかな風の気配があるだけで、物音一つ聞こえない。それは、まるで時間がとまったような心地よい静けさだった。

どこまで行こうという当てはなかったが、湖を見ながら、道路沿いを、ゆっくりと歩き続けた。位置が変わっても、桜の並木も竹生島の風景も、いつまでもなくなることはなかった。

どれぐらい時間がたったかも分からなかったが、午後の太陽が、照りつけるような暑さに変わり始めるころ、道ばたに紺色の大きな自家用車が停まっているのが見えた。何気なく通り過ぎようとした時、一人の男性が車の外に立ってカメラを構え、竹生島を撮っているのが見えた。サークルの写真好きの友人をとっさに思い出したが、彼よりも背が高く、長い髪を風になびかせていた。カメラを持つ手を下ろしてこちらを向いたとき、顔の正面に突き出した大きな鼻が目に入った。思わず、鹿の鼻先を連想した。

「サクラ！」

とっさに声を上げたが、それほど意外に感じないのが不思議だった。喜びに満ちた驚きがこみあげたのは、それからしばらくたってからだった。

「やあ、君も来てたんだね」

にっこりほほえむサクラの表情も本当に落ちついていて、まるで私の来ることが分かっていたかのようだった。

「見てごらん。すごくきれいだよ。ブルターニュから見る夏の大西洋もこんな感じなんだ」

そういいながら、両手をいっぱいに広げた。

「東京から車で来たの？　こんな大きな自動車、今まで見たことないけど」

「レンタカーだよ。さっき京都で借りて来たんだ。電車で来たのなら、帰りはこれで京都まで送ってあげよう。ぼくはもうしばらく、この辺りに滞在するつもりだけどね」

道路沿いの少し広くなった場所にベンチがあり、私たちは並んで腰を下ろした。教室以外でサクラと会うのはこれが初めてだったし、こんなのどかな風景の中で一緒にいられるのも幸せだった。

「サクラはどうしてここに来ようと思ったの?」

「写真で見たんだよ。竹生島の春の景色をね。それで、実際に来てみたくなったんだ」

「それで、琵琶湖に来て、竹生島を見て、ブルターニュの夏の海を思い出したのね」

「おかしいかな?」

「いいじゃない! 私も、いつかフランスに行ったら夏の大西洋を見てみたいわ。サクラの思い出の海だから、きっと、青々としたきれいな海なのよね」

話題を振り向けると、彼はいつものようにブルターニュのことを楽しそうに話してくれた。二人は日がかげるまで時を忘れて話し続け、話し終わると、黙って湖を眺めた。

今までサクラは私の大切なフランス語の先生だったが、今も、これからも、やっぱり先生なんだろうか。それとも、恋人といった方がいいんだろうか。そんな他愛もないことを考えながら、私は彼に寄り添って、竹生島を眺め続けた。

気がつくと、日が傾き、風は心なしか強まっていた。そのせいで、桜の花びらも華やかに乱舞し、二人の頭の上にはらはらと舞い落ちるのが分かった。

## 3

夢のような琵琶湖の思い出はいつまでも鮮明だったが、青山アパートメント9号館の見慣れた部屋に戻ると、私たちもまた、何事もなかったかのように普通の先生と女子学生に戻っていた。フランス語のディクテは相変わらず苦手だったが、訳読の方はなんとか中級レベルになっていたのが、変化といえば変化だった。

そうしてまた、何ヵ月かが過ぎた。

町の景色が春から初夏に変わるころ、私は仏語検定の二級に合格した。サクラは気も狂わんばかりに喜んでくれた。これほど世話のやける生徒も珍しいだろうから、喜びがひとしおなのも当然だとは思うが、それにしても、彼のやさしさには感激してしまった。こんなに人から愛されたことが今まであったかしら？　そう自問すると、思わず目頭が熱くなった。

もちろん、サクラにとって、親しい女性は私一人のはずがない。「外国語クラブ」の他の生徒は気にもならないが、フランスのブルターニュに今もいるに違いない初恋の人のことは、やはり気にかかった。彼女は一体、どんな人なんだろう？　そもそもサクラは、これからの人生をどう考えているんだろう？

そんな疑問がもやもやと湧き上がったが、当然のことながら、直接サクラに聞いてみることはできなかった。


六月のけだるい雨がしとしとと降り続くある日、授業の後で、彼の書いているＳＦのことを話題にした。少しでも多く彼のことを知っておきたいと思ったからだ。もちろん、サクラはこちらの意図など知るはずもなく、「人類と神との出会い」の物語について、夢中で話し始めた。

「神が遠い宇宙から地球を訪れたのは六百万年前だから、人類の祖先がまだ猿人だった時代だ。もちろん、神ははっきりとは姿を現さない。でも、目に見えないパワーでサバンナの猿人の群れに働きかけて、彼らの進化を加速させる。猿人たちは突然石器を作るようになり、今まで恐れていた野獣たちを猛烈な勢いで打ち倒し始めるんだ」

「その部分が、小説の序章になるわけね」

「そうだよ。去年の秋ごろにはもう書き上げてた部分だ。六百万年の時間が流れて、現代の宇宙船が月に向かうシーンも、とっくに出来上がってる。でも、ぼくは、アメリカの月旅行計画がどういう形になるかはまだ分からないけど、小説の中の宇宙船を出来るだけ具体的に、リアルに描きたいんだ」

「宇宙船なんだから、星の海を炎を噴きながら突進するんでしょ」

「ダメダメ。月に飛んで行く宇宙船は慣性飛行だから、ずっと火を噴いたりはしない。それに、宇宙は真空だから音も一切立てないんだ」

「ジェット機とは大分違うわけね」

「そうさ。空気がないから、宇宙船が流線型をしていても、とんがった方が前になってるとは限らない。横向きになったり後ろ向きになったりすることもある。それでいて、ものすごい速度で慣性飛行するんだ。映画化する時も、その辺は正確に描かなくちゃ」

「でも、全然音のしない映画って、おかしくないかしら」

「映像の背後に、クラシック音楽でも流しとけばいいさ。ショパンとかドヴュッシーとかのね」

そういって、楽しそうに笑った。いつの間にか、二人の想像の中で小説は映画化されていたが、私たちはそういう飛躍にさえ気がついていなかった。


ようやく梅雨があけて夏の青空が広がると、「外国語クラブ」は長いヴァカンスに入る。サクラと会えなくなって二週間が過ぎたころ、表参道で偶然、彼の同僚の福井さんと出会った。灼熱の太陽が歩道に照りつける暑い暑い真昼のことだった。

「朝倉君はフランスに戻ってるよ。夏中、むこうにいるんじゃないかな」

何も聞いていないのに、彼はそう教えてくれた。

さりげなく別れて、あまり気にもしていないつもりだったが、その夜、夢の中で、フランスにいるサクラを見てしまった。

ブルターニュの真っ青な海を見下ろす丘の上で、サクラと初恋の彼女が並んで坐っていた。その後ろ姿を、私は木の陰からいつまでもじっと見守っていた。後ろ姿の二人はとても幸せそうで、こちらから話しかけることも近づくこともできない。そのうち、これは夢なんだと思いはじめ、夢だと自分に言い聞かせたところで目がさめた。

気にするようなことでもなかったが、夢の光景はいつまでも生々しく心に残って消えなかった。そのおかげで私は、まるでシャンソンの中のヒロインのように〝彼を待つ女〟をずっと演じて一夏を過ごすことになった。

＊　＊　＊　＊　＊　＊　＊　＊　＊　＊

ああ、まるで出来そこないの少女マンガだわ。

そう思いながら、プリントされた原稿から顔をあげた。時計の針は午前三時を指していた。さっきまであれほど夢中になっていたのに、落ちついて読んでみると、忙しい時間をまた無駄につぶしてしまったという後悔しか残らない。カーテンの端を少しだけめくって窓の外を見ると、人《ひと》気《け》のない深夜の町に、ビルの明かりだけが虚しく輝いていた。

とにかく、シャワーを浴びて頭の中をすっきりさせよう。そう思いながら、私はデスクの明かりをそっと消した。

## 4

一ヵ月間、辛抱強く待ち続けたご褒美として、運命は、すばらしい秋の旅行をプレゼントしてくれた。

錦秋の京都を満喫しようと言い出したのが誰だったかは、記憶の中でかすんでしまったが、私たちは、春休みの時と同じ女子四人組で、もう一度関西に向かった。旅の最後に、私だけが一日余分に滞在し、それから鞍馬山に紅葉狩りに行く予定だった。今回はサクラと示し合わせた上での、計画的な日程だった。

有名な鞍馬寺は、出町柳《でまちやなぎ》から京福電鉄・鞍馬線に乗って二〇分の所にある。出町柳の駅は賀茂川のすぐほとりだが、私は、そこで難なくサクラと合流した。風の冷たさが秋の深まりをしみじみ感じさせるが、日差しはまだまだ穏やかな午後だった。いつの間に私たちはこんな親しい関係になったんだろうと思うと、何かが大きく変わってしまったようで、不思議な気持ちがした。早いようでもあり、遅すぎるようでもあった。

鞍馬への沿線は、紅葉狩りのシーズンには大変な人出になる。平日を狙った〝お忍び旅行〟にしたのも、それを避けるためだったが、おかげで、混雑に会うこともなく、洛北の秋を二人だけで存分に楽しめそうだった。

列車は、「二ノ瀬」を過ぎ、鞍馬川に沿った鬱蒼と木々の茂る静寂境に入っていった。それは、この世のものとも思えない紅葉のトンネルだった。

「貴船口」を過ぎて、終着駅の「鞍馬」に着いた。駅の改札を出ると、大きな店構えの古い土産物屋が数軒並んでいて、その前を四、五分歩くだけで、鞍馬寺だった。下ってくる何人かの参拝客と私たちはすれ違った。

仁王門から本殿までは、「近くて遠いつづら坂」といわれる急な上りの参道が続いていた。晩秋の冷気はとても心地よかったが、さすがに途中で息が切れ、足がガクガクし始めた。サクラは私の手をとってゆっくりと歩いてくれたが、それでも、私たちは、山道が曲がり角にさしかかるたびに休憩した。

やっと坂を登り終わると、そこは崖の上にある石だたみの広場だった。広場に立って下界を見下ろすと、北山の峰とその向こうの「洛中」がはるかに見渡せた。広場の奥には、寺の本尊を祀る朱色の巨大な本殿が控えていた。

「ホントにきれいな景色ね」

紅と黄色の見事なパッチワークに、思わず私は声をあげた。

「そうだね。でも、鞍馬に来たのは紅葉を見るためだけじゃないんだ」

そういって、サクラは楽しげに話し始めた。

「ぼくの小説では、六百万年前の地球を、宇宙から来た神が訪れることになってる。でも、そんな神話や伝説は世界の到るところにあって、鞍馬寺の伝説もその一つなんだよ」

「どうして知ってるの?」

「そういう研究をしている友達がフランスにいてね。この前会った時に教えてくれたんだ。それで、うそか本当か確かめてみたくなったのが、鞍馬寺に来た理由の一つなんだ」

そういうと、本殿の中に一人で入って行った。しばらくして、寺の由来を書いた小さなパンフレットを二つ、手に持って戻ってきた。

「これだよ。これを読んでごらん。確かに、ぼくのSFにそっくりなところがあるよ」

いわれて、私はパンフレットを読み始めた。そこには、牛若丸《うしわかまる》伝説で知られる古い寺の由緒書きとは思えないような、不思議な教えが記されていた。

鞍馬寺の本殿金堂に祀られている本尊は「尊天」である。

金堂中央には毘沙門天《びしゃもんてん》、向かって右には千手観世音《せんじゅかんぜのん》、左には護法魔王尊《ごほうまおうそん》が安置され、これらの三身を一体として「尊天」と称する。

「尊天」とは、宇宙の大霊であり、大光明・大活動体であって、私たち人間をはじめとして万物を生かし、存在させてくれる宇宙生命・宇宙エネルギーである。そのはたらきは愛と光と力となって現れる。

毘沙門天は「光」の象徴であり「太陽の精霊」である。千手観世音は「愛」の象徴であり「月輪の精霊」である。護法魔王尊は「力」の象徴であり「大地の霊王」である。護法魔王尊は、六五〇万年前に金星から地球に降臨した。その体は通常の人間とは異なる元素からなり、年齢は一六歳のまま、年をとることのない永遠の存在となっている。

鞍馬山は約二億六千万年前に海底火山の隆起によって生まれ、太古より、地上に遍在する「尊天」のパワーが特に多くみなぎる場所である。

鞍馬寺は、そのパワーに包まれるための道場である。一人一人が「尊天」を信じ、「尊天」の世界に近づき、ついには「尊天」と合一して自己の霊性にめざめ、自己に与えられた生命を輝かせながら、明るく楽しく力強く生きていくための信仰の場所である。「月のように美しく、太陽のように暖かく、大地のように力強く」と祈り、「すべては尊天にましますと唱えることで、「尊天」の霊気を受けつつ、ともに生かされている万物の調和を祈ることができる。

「何これ！」

私は思わず絶句した。まるでＳＦそのものじゃない！　こんな神話が、牛若丸の時代からここにあるとは信じられなかった。

「どう？　面白いだろ」

彼は、パンフレットを大切そうに服の内ポケットにしまった。

「六五〇万年前に神が宇宙から降臨したり、神のエネルギーが地上に充満してたり、金星に不思議な縁があったり、ぼくのＳＦとそっくりだ。細かいところは違ってても、こういう話が世界中にあるんだ。だから、本当に神が存在して、ぼくらにいろんな物語を書かせているように思えてくるよ」

そういって、満足げに笑った。

私たちは本殿に参拝し、それから、山の奥を見て回った。金星からやって来て地上の創造と破壊を司るという護法魔王尊が祀られているのが光明心殿と奥の院魔王殿。それに、魔王尊が出現するための依《よ》り代《しろ》になる杉の木が大杉権現だ。私は、一つ一つの場所で手を合わせ、パンフレットにあった祈りの言葉、「月のように美しく、太陽のように暖かく、大地のように力強く」を唱えた。

本殿や魔王殿では、「ラモウ（羅網）」という網が境内に掛かっていた。それは、光り輝く宝珠を上下左右に結びつけ、網状にしたものであり、この世界の森羅万象が互いにかかわり合い、響き合いながら存在することを象徴していた。万物は決して孤立してはいない、互いに「絶対の他」であるものが結びつくことで、個々の尊さや美しさを持つことができる。いわれてみれば、その通りかも知れないと思った。私と彼の関係も、まさに「絶対の他」の結合そのものだから。

広い境内を見おわって、西門を出ると、そこは貴船《きふね》神社に向かうやや広い参道だった。神社には、上り坂をゆっくり歩いて十分程度で着いた。昔は都の貴族が競って参詣したといわれる水の神の聖地だが、今は、いかにも古びた社《やしろ》が、静まり返った山ふところに軒を並べているだけだった。私たちは、そこの東屋《あずまや》に腰を下ろしてしばらく休憩した。

その場所からさらに急坂を上がると、赤灯籠がびっしりと立ち並ぶ長い石段があった。段の上まで昇ると、日はすでにかげり、夕闇が迫っているのがはっきりと分かった。

その日の夜、私たちは、貴船神社の参道沿いの古びた宿屋の一軒に泊まった。サクラが電話帳で調べて予約してくれていた場所だ。すぐ目の前を貴船川が流れ、豊かな水量の水音がにぎやかに響いていた。

夕食後、二階の部屋の窓から山の景色を二人で眺めた。電灯の光でわずかに照らされる場所以外は、まるで宇宙の深淵に没したような深い闇が広がっていた。部屋の中がガラスに反射するので、明かりも思い切り暗くしなければならなかった。

「ねえ、サクラ」

外を見ながら、私は話しかけた。

「何?」

「サクラは、ずっと小説のことを考えてるの?」

「そうだよ。ジュール・ヴェルヌ賞がかかってるからね。今日見た鞍馬寺の伝説もすごく刺激的だったし」

「神社には必ずご神体があるわ。サクラの小説の神も宇宙から地球に来て、何か目に見えるモノを残すのかしら」

「黒い石を置いて行くんだ。六百万年後に、進化した人類が月で見つけるのと同じものをね。宇宙船が神の世界にジャンプするために無の深淵に飛び込む時も、忽然として真空の中に同じ形が現れる」

「ホントにご神体みたいね。でも、黒い石って、どんな形?」

「まるくて大きくて、見ていると吸いこまれそうな不思議な力を発散してる」

「そんな石、見たことないわ」

「そうだね。でも、ぼくは、大きさは全然違うけど、同じような黒い石をいつも持ってるよ。幸運のお守りみたいなもんさ」

そういって、片手を差し出した。しずくのような形をした漆黒の小さな瑪瑙《めのう》がリングに取り付けられ、薬指にはめられていた。

「こんな指輪、いつもはめてたかしら？」

「今、はめたんだ。いつもは持ってるだけだよ。でも、リングが付いてなくていいなら、もう一つあるんだ」

そういって、手品のように、同じ色の小石を出してみせた。

「こっちを君にあげよう。いつかあげようと思って持ってたんだ。ぼくの石と同じで、邪悪なエネルギーを闇の中に封じこめる魔法の力を持ったオニキスだよ」

「オニキス？」

「そう。黒瑪瑙のことをそういうんだ」

小石は、彼の指先から、私の手のひらにおさまった。

「リングが付いてたら、婚約指輪みたいね」

いった後で思わずほほえんだ。

「えっ、ぼくたち婚約するわけ？」

「冗談よ。でも、今日行った貴船神社の中宮《なかみや》って、縁結びのお社なのよ。知ってた？」

「全然気がつかなかったよ。ちょっと迂闊だったかな？」

「いいのよ、気にしないで。どっちみち冗談なんだから」

彼は黙って窓の外に顔を向けた。

「冗談でもいいわ。つまらない現実より楽しい冗談の方がよっぽどうれしいじゃない」

私は心の中でささやいた。それから、彼が黙っているのをいいことにして、声に出さずにあれこれと話しかけた。

ねえ、サクラ。私たち、もうずいぶんの付き合いね。いろんなことがあったけど、今日はとっても楽しかったわ。いつまでもずっとこのままでいたい……。

気がつくと、知らない間に涙ぐんでいた。うつむいてしばらく黙っていると、わけもなく涙が溢れてとまらなくなってきた。彼が、私の肩をだきかかえるのが分かった。

「月のように美しく、太陽のように暖かく、大地のように力強く」

震えるような涙声で、鞍馬寺の祈りを唱えた。

外では、貴船川の水の音が、闇の中で途切れることなく轟々と鳴り響いている。

結局、サクラの初恋の人のことは、その夜もまた聞きそびれてしまった。

## 5

大学生としての三回目のクリスマス・イヴを、私は、お茶の水のレストランで彼とぜいたくに過ごした。外は雪景色でこそなかったが、町には〝聖夜〟の華やいだ気分が溢れ、店の中は人々の談笑で満たされて、ヴァイオリンの生演奏が〈夜霧よ今夜もありがとう〉を奏でていた。

私たちは、琵琶湖の思い出や仏語検定のことや、いろんなことを話した。ただ、鞍馬山と貴船のことだけは話題にしなかった。口にしない秘密を持つことが、二人の絆を一層強めてくれるように思われたからだ。

ともあれ、今の自分は最高に幸せだと思った。でも、この幸せがいつまで続くのかと思うと怖くなることもあった。年が明ければ、大学生活の最後の年が始まる。一九六八年がどういう年になるかは想像もつかないが、現状が永久に続くことはありえないし、彼の将来も全く分からない。

〝失われた愛〟を求めてやっとここまでたどり着いたが、十牛図のシーン8では、すべてが一瞬の幻と化して無に帰してしまう。そんな瞬間が、そのうち本当にやって来るんだろうか。

あれこれ考えれば不安になるばかりだが、今はただ、与えられた幸福をかみしめることに専念しようと、私は自分に言い聞かせた。

＊　＊　＊　＊　＊　＊　＊　＊　＊　＊

すっかり恋人気分よね。

深々とため息をつきながら、原稿を机の上に投げ出した。何が現実で何が虚構なのか、もうまるで分からなくなっていた。ただ、机の引き出しの中に、色あせた小箱に入ったあの黒瑪瑙、オニキスが、今もあることだけははっきりしている。

深夜の時計の音が不気味なほど部屋に響くが、今何時かを確かめる気にもならない。窓の外を見た瞬間、舞い落ちる粉雪が、闇の中で一瞬ちらついたように感じた。

# 第四章　悲しみよさようなら

## 1

道路にはまだ雪が残り、日差しはかなり暖かくなっていたが、一月下旬の風は身を切るように冷たい。私は気もそぞろなまま、背中を丸めて見慣れた歩道を歩き続けた。竹下通りから表参道にかけての町並みは、建物も車も以前に比べればどれも真新しく、美しくなっていくようだ。でも、そんな感慨にふける余裕は、その日の私にはなかった。

アパートの中庭に来ると、そこはいつものように人影がなく、厚く降り積もった雪がまるで別世界のようだった。９号館の入り口で一旦立ち止まり、息をととのえ、気持ちを落ちつけてから中に入った。三階までゆっくりと階段を昇り、三百二号室のドアの前でもう一度息をととのえる。

部屋に入ると、にこやかにサクラが出てきた。北陸に旅行していたせいで二回休んだ後の最初の授業だったが、彼のいつもと変わらない穏やかな笑顔が、その日は、私の心をかえってかき乱した。

レッスンはとりあえず何事もなく進行した。今年は卒論にとりかかる年だし、自分の学力もそれなりに充実してきているとは思う。だが、そんなことは、どうでもよかった。真面目に教えてくれているサクラの美貌さえ、それを見るたびに不安とあせりがますますつのっていく。ほんの一ヵ月前の愛と幸福と平穏を取り戻せるなら、何億円払ってもいいとさえ私は思った。

「ねえ、サクラ」

レッスンが終わったと勝手にきめつけて、私は話しかけた。

「どうしたの？」

「相談があるんだけど」

「何？」

彼の表情はあまりにもやさしく、あまりにも穏やかすぎる。

「実は、昨日、病院に行ってきたんだけど」

「それで」

「私……」

「？」

「妊娠したみたい」

そこまでいって、全身が凍りついてしまった。それが誰のせいかは明らかだが、彼を非難する気にはなれなかった。なにしろ、今の私が頼れるのは彼しかいないのだから。

ところが、その後のサクラの反応は意外だった。彼は穏やかな笑顔をより一層ほころばせて私の肩を抱き、一瞬のためらいもない断固とした口調でゆっくりと語りかけた。

「ぼくのせいで君につらい思いをさせたのなら、本当にごめん。でも、それって、本来ならお祝いしないといけないことなんだ。責任は必ずぼくがとるから、とにかく君は何も心配しなくていい。急なことですぐには気持ちの整理がつかないかも知れないけど、でも、こうなったら、君に子どもの母になってもらって、ぼくが父親になるのが一番いいと思うんだ。もし、君さえよければ、そう決心してほしい。いろんな障害があるにしても、必ずぼくが何とかして、君と君の子どもを守り通すつもりだよ」

私は放心したまま、彼の目を見つめた。

子どもが出来たことが分かって以来、自分が不良少女になったということしか考えていなかった。秀才でも善人でもないかも知れないけど、まさか自分が〝不良〟になるなんて！　それは、目の前が真っ暗になるような衝撃的な現実だった。私は一体どうしたらいいんだろう？　親や親戚や友達に何ていったらいいんだろう？　そんなことばかり考えていたから、「それって、本来ならお祝いしないといけないことなんだ」というサクラの一言はまるで宇宙人の啓示のようで、最初は言葉の意味さえよく分からなかった。それでも、時がたつにつれて、次第にこわばった気持ちがなごんできて、全身が落ちついてゆくのが自覚できた。

彼は私の手を握り、それからまた立ち上がって二つのカップに熱いコーヒーを入れ、二人の目の前に置いた。

「ぼくの提案を受け入れてくれるかどうかは、今すぐ決めなくてもいいんだ。とにかく、君をこんなに苦しめたことを、今さら言い訳はできないけど、許してほしい」

聞きながら、彼の顔を黙って見上げる。提案に対する答えが〝ウィ〟であることは、すがるような私の目の光にきっと表れていたに違いない。それを見て取ったサクラは、しばらく間を置いてから、ゆっくりとささやいてくれた。

「赤ちゃんのことは、本当におめでとう」

張り詰めた緊張が消え去り、胸の中に暖かな興奮が広がっていった。もう何も判断できなくなった私は、机の上に臥せって、声をあげて泣いた。

その日から、不安と希望の入り交じった湧き上がる妄想と、私はたわむれ続けた。ある時は、自分とサクラが幸福な家庭を築いて、子どもと一緒に大きな家で暮らしていた。また、ある時は、親の目を盗んで二人で駆け落ちして、窓から暗い小川を見下ろす粗末な家の中で、身を寄せ合って暮らしていた。

サクラと二人で駆け落ちする？　ドラマの展開の激しさに目まいがしそうになり、自分の正気をつい疑いそうになる。でも、すぐに子どもっぽい喜びで頭が一杯になり、妄想はますます膨らんでいった。

駆け落ち？　それも悪くないじゃない。思わず心の中でつぶやいていた。

## 2

二月に入ると寒さは一層厳しくなったが、お腹の中では、わずかながら生命の存在が感じられるようになった。ところが、それも、長続きはしなかった。大きくなりかけたお腹はすぐに変化しなくなり、子どもは成長が停止して、私は流産してしまった。私とサクラが幸福な家庭を築くことも、不良少女が逃避行を夢見ることも、結局、運命によってあっさりと拒否されてしまったわけだ。

特定の宗教の信者になるつもりは全然なかったが、これが私の〝非行〟に対する神さまの罰だと思わずにはいられなかった。不良少女といわれても親から勘当されても無視して生きる自信はあったが、相手が神さまでは太刀打ちできない。子どもじみた妄想から一気に目覚めさせられた私は、ぞっとするような恐怖と罪悪感にうちひしがれた。

流産の結果、親に内緒で一週間入院した病院に、サクラは毎日のように見舞ってくれた。ただ、状況の展開に彼がとまどっていることもはっきり感じられた。なにしろ、「この次こそがんばろう！」ともいえないわけだし、ラブロマンスの腰を折られて、慰める言葉につまるのも無理はない。

そんなサクラを見ていて、失望と疎ましさが鎌首を持ち上げるのも否定できなかった。私が心も体も傷ついたのは、みんなあなたのせいじゃない！　口先だけの遊び人のために、結局私は、いいように翻弄されただけじゃないの！　懸命に慰めようとしてくれる彼の真剣さが分からないわけではなかったが、一方で、ダンサーがターンを繰り返すように、私の心は千々に思い乱れた。

彼との距離を自覚し始めたのには、もう一つ理由があった。それは、同じ大学の先輩で金沢に勤めている武史さんとの出会いだった。新聞社に勤めながら現代フランス文学の研究や翻訳もしている武史さんだが、母校の教授に会うために大学にやって来た時、後輩の私たちと出会い、それ以来何度かみんなを食事に誘ってくれた。色白でぽっちゃりした顔立ちの彼はとても真面目そうで、物腰も優雅な紳士だったが、後輩たちの中でも特に私に興味があるようだった。

私の方でも、最初に彼を見た瞬間、思わず目が釘付けになってしまった。なぜなら、二年前、サクラと出会う前に付き合っていた直樹と、彼はまるで瓜二つだったからだ！

長い長いドラマが振り出しに戻ったような錯覚を覚えた。まさか親戚のはずはないと思うが、意表を突くような不思議な偶然に、すっかり気持ちが動転した。昨日は遠い過去となり、遠い過去が今になる。幸福で平穏だったクリスマス・イヴからほんの二ヶ月しかたっていないのに、運命の神がこんなに自分を振り回すとは、全く予想も出来なかった。

3

永遠に続くかと思うような寒さがゆるみ始め、日差しが次第に明るくなり、街が活気を取り戻してゆく。春の訪れは本当に心をなごませるが、一方では、物憂さのつのる季節でもある。そのせいもあってか、サクラと過ごす時間の中に、今まで感じたことのなかったような息苦しいけだるさが漂うのも事実だった。

彼は一生懸命私を力づけ、語学の勉強に打ち込ませようとしてくれた。しかし、私はレッスンの最中もつい無関心になり、放心して窓の外を眺めることが多くなった。そんな時、彼は本当に悲しそうで、無理に笑顔を作ろうとしているのがはっきりと分かった。

ある時、とうとう私の態度に匙を投げたのか、うつむいて黙ってしまった。

彼がこんなに落胆するのを見たのは初めてだと思ったが、その高い大きな鼻は、見ているうちに、まるで鹿の鼻先のように思えた。ほんとに鹿みたいだと思うと、その連想が突然おかしくなってきて、少しだが、乾ききった心の中に潤いが戻ってくるのを自覚した。

そういえば、以前にもこんなことがあったわ。彼が私のレッスンをほんの少しだけすっぽかして、私が怒り狂った時。あの時は結局、こちらが一生懸命彼を慰めるはめになったけど……。

そんなことを思い出していると、サクラのことがだんだんかわいそうになってきて、私は思い切って、笑顔で話しかけた。

「ねえ、サクラ」

洋館の壁にかかっているような鹿の剥製の首が、ゆっくりとこちらを向いたように感じた。

「元気だしてよ」

「……」

剥製が小さくうなずくのが分かった。


五月の連休が終わったころ、レッスンの後でＳＦのことを話題にしたのも、彼を元気づけようというささやかな気遣いのつもりだった。

「サクラの原稿はもう出来上がってるんでしょ？」

つとめて明るく話しかければ、いつものハイテンションな彼に出会えるものだと、堅く信じていた。

「記念すべきデビュー作なんだから、私も早く読みたいわ。十牛図をヒントにした人類と神との出会いの物語なんて、他の誰も絶対思いつかないテーマじゃない」

ところが、意外なことに、彼の表情はみるみる曇り始める。

「それが、実は、ダメなんだ」

「え?」

「あの作品はもう使えないんだよ」

私は一瞬、耳を疑った。

「実は、この前の休日、ぼくは新宿に映画を見に行ったんだ。今、評判のSF映画なんだけど……」

そういえば、私も電車の中で広告を見た覚えがある。大きな丸い宇宙ステーションの中から、流線型の宇宙船が発進してゆくイラストがはっきり記憶に残っていた。

「それは、すごい映画だった。今まであったSF映画なんて全く比べものにならない、美しくて、神秘的な作品だった」

「それで、その映画がどうしたの?」

「実は、そのストーリーが、ぼくの小説とほとんど同じだったんだ。『金星』が『木星』に代わっただけで……」

それだけいうと、しばらく会話はストップしてしまった。

「でも、サクラ。十牛図のシーン８では、すべてが〝無〟に帰してしまうのよ。ＳＦの中でも、宇宙船は不思議な黒い石に導かれて、神の領域に通じる〝無〟の深淵に飛び込んでしょ。そんなことって、ほんとに映像で表現できるのかしら？」

懸命に反論した。

「それができるんだ。光の洪水のような、ものすごい映像だった」

「でも、でも……今の作品がダメになっても、別のＳＦを書けばいいじゃない。プロのＳＦ作家なら、いっぱい作品があって当然だわ。サクラにだって、いろんな他のアイディアがあるはずよ」

当然のことをいったつもりだったが、彼は押し黙ったまま何も返事をしない。励まそうという気がだんだん萎えて、失望と怒りがこみあげてくるのが分かった。

たった一作しか書けないくせに、ヒューゴー賞とかジュール・ヴェルヌ賞とか、大きなことばかりいってたわけ？　どっちみちプロの作家になれるはずがないのに、私に子どもを産ませて、「家族を守り通す」とか、口先だけで安請け合いをして、平気でいたってわけなの？　ほんとに子どもが生まれてたら、自分はこんな遊び人のためにどれほどひどい目にあっていたことか、想像するだけで、思わず背筋がぞっとする。

そんな気持ちを察することもなく、彼は、思い詰めたように話し始めた。

「前にもいったけど、ぼくは自分の小説が、どこかに実在する本物の神からのインスピレーションで出来上がったような気がするんだ。だから、同じような神話が世界のいたるところにあっても不思議じゃなかった。今度の映画も、それと同じことかも知れない。神を通して、ぼくの意識と映画の原作者の意識とが結びついていたのかも……」

何をバカなことといってるのよ！　私の怒りは爆発した。わけのわからない妄想にひたるだけで何もできない意気地なしなんだわ、この人は。

私は、サクラのことをひどい言葉でののしった。そのまま、フランス語のテキストとノートをテーブルの上に残して、バッグだけを掴んで部屋を飛び出した。

4

できたばかりの女子学生会館の最上階にある自分の個室に戻り、ぼんやりと夕暮れの空を眺めた。さっきはサクラにひどいことをいってしまったが、謝るべきかどうか、それを彼が許してくれるかどうか、迷いながら悩み続けた。机の上にはサクラがくれた小さな黒瑪瑙、あのオニキスが妖しく光っている。それを見ていると、彼との楽しかった思い出がよみがえってきて、胸がつまり、涙が溢れた。

二年前の初めて出会った日。フランス語がまるで出来なくて、すぐにふてくされていたころ。初めてブルターニュの話をしてくれた時のこと。そして、竹生島の美しい思い出と、鞍馬寺と貴船の夜……。

とうとう、いたたまれない気持ちになり、私は決意した。サクラと仲直りしよう！　彼が許してくれないはずがないわ。ただ、次のレッスンの予定を決めていないので、いつ会えるかはまるで分からない。教室以外の住所も電話番号も何も聞いていないことに、ようやく気がついた。今までそれで何一つ困らなかったが、考えてみれば、それは奇妙な関係だったのかも知れない。

とにかく、いつもの教室に行けばすぐにでもサクラに会えるし、会えなくても、福井さんか誰かが彼の連絡先を教えてくれるはずだ。外はすっかり夜になっていたが、そう思うと次第に気持ちが明るくなってきた。

「明日になったらサクラを探しに行こう！　明日は明日の風が吹く……」

どこかで聞いたような、映画の主人公と同じセリフを心の中で私はつぶやいた。

その時、部屋の電話が鳴った。金沢にいる武史さんからだと、とっさに直観した。「402・

６６１１」という女子学生会館の電話番号を教えた相手はそれほど多くなく、実際に電話してきたことがあるのは彼しかいなかったからだ。サクラとヨリを戻そうと思っていた矢先に、武史さんから電話が入るとはタイミングが悪いと思い、出ないでおこうかとも思ったが、とりあえず、受話器をとった。

電話は大学の同級生の女の子からだった。去年と同じようにみんなでもう一度、今度は初夏の京都を訪れてみないかというお誘いだった。大分前に誘われて断っていたのだが、仲間の一人が就職活動の都合で急に行けなくなったから、代わりにぜひ来いという話だった。出発は明日の朝だったが、すっかり気持ちのたかぶっていた私は、深く考えることもなくＯＫの返事をしてしまった。京都と琵琶湖と竹生島の思い出が、切ないなつかしさとともに鮮明によみがえった。

５

五日後の朝、サクラのために京都で買った土産のお菓子を紙袋につめて、私は表参道を急いでいた。仲直りのしるしとして、それを彼に渡すときのセリフを、何度も頭の中でリハーサルしながら。

９号館の階段を駆け上がり、三百二号室のベルを鳴らしたが、何回鳴らしても、誰も出てこない。やっと出てきたのは、福井さんだった。

「朝倉先生は今日はお見えじゃないんですか？」

少しがっかりして、尋ねた。

「ああ、まだ知らなかったんだね」

彼は、すぐに当惑した表情になった。

「急なことなんだけど、朝倉君は外国語クラブをやめたんだよ。最近、体調が悪いとはいってたけど、ぼくも詳しい理由は聞いてなかったし、事情がよく分からなくて、すごく驚いてる。どうも、フランスに戻ったみたいで、もう連絡はとれないんだ」

一瞬、何をいわれているのか、理解できなかった。

「そういえば、メモが残してあったよ。多分、君に宛てた伝言だと思うんだけど」

そういって、福井さんは奥の部屋に入り、小さなメモ用紙を取って戻ってきた。それには、すっかり見慣れたサクラの子どもっぽい字が、青いインクで書かれていた。

〈最後のレッスンの授業料はもういいです。テキストとノートを教室に忘れて帰ってるから、後で持って帰って下さい〉

事務的でとても簡単なメモだったが、紙の一番下の最後の行を見ると、小さく薄い字で別れの言葉が添えられていた。

〈長いあいだ、よくがんばったね！〉

手が震え出し、土産物を入れた紙袋が床に落ちて軽い音をたてるのが分かった。

## 6

ホトトギスが頭の上で鳴いたように思った。ホトトギスは夏の季語だから、今鳴いてもおかしくはないが、こんな都会の真ん中で鳴くとは不思議だった。

不思議といえば、数えきれないほど何度も通い、すっかり見慣れた場所なのに、それが今日は、まるで初めて迷い込んだ〝異界〟のように思える。青山アパートメントの棟々の壁に、こんなにびっしりツタが這っているのも、不思議なことに、今初めて気がついた。

目的の棟は、「外国語クラブ」のある9号館からそれほど遠くない建物だったが、やっと探し当てたそこは、辺りの風景にまるで馴染みがなかった。一階の入り口の住戸表示板で訪問先の部屋を確認すると、そこも偶然三百二号室で、「催眠療法」という薄汚れた札が部屋番号の下に貼り出してあった。

思えば、私の青春は十牛図の予言通りに進行したのかも知れない。失われた愛を求めてさまよっていた私が彼と出会い、いろんな葛藤を経験しながら、二人の愛をふくらませてゆく。十牛図のシーン6は、〈牛に乗って家に帰る〉。半年前の私と彼は、そんな牧童と牛のように温かい親密な関係だった。

でも、シーン7は、〈人はいても、牛はもういない〉。それと同じように、彼は目の前から忽然といなくなってしまった。今ごろは、遠い異国で、私の知らない初恋の彼女と一緒に、傷ついた心を癒しているに違いない。

今日、私は、自分の意志でシーン8に入る。それは、牧童も牛も〈もう何もない〉という無の世界だ。すべての記憶を一気に消去して、一つの青春をまるごと終わらせる。

サクラに対する恋しさは昼も夜も胸を締めつけたし、もう一度だけでも会いたいと、狂おしく思い続けた。でも、もう二度と会えない。そんな悲しすぎる現実に耐えきれなくなった私の、思い悩んだ末の選択が「記憶の抹消」だった。

そして、明日からは、シーン9の〈無からよみがえった世界〉に生まれ変わって、私は生きていくだろう。山々は青く、水は清らかに流れて、もう何の波瀾も起きない平和な静寂境。そこで私は、彼とは別の男性と、何事もなかったかのように静かに愛し合うはずだ。それが、シーン9の〈ありのままの元に戻る〉ということなんだ。

三百二号室のベルを鳴らすと、ドアを開けてくれたのは、神秘的なほど美しい小柄な少女だった。少女といっても、自分より年上なのかも知れないが、とにかく、この世の人とも思えないほど、妖しい魅力を発散していた。白と黒のシンプルなデザインのチューブドレスに身を包み、腰まで届くような長い黒髪を垂らし、透き通った大きな目で、じっとこちらを見ていた。

「昨日、催眠療法のことで、お電話した者です」

私がいうと、彼女は小さな声で「どうぞ、お上がりになって」とつぶやいた。ほとんど同時に、奥の部屋から男性の声がした。

「レイラちゃん、誰かな?」

「昨日の電話の人よ」

「それじゃあ、こっちに来てもらって」

靴を脱ぎ、レイラと呼ばれた少女の後について、奥の部屋に入った。部屋の中には、ふとんのない手術台のようなベッドとテーブルと三つの椅子があり、色白でインテリ風の若い男性が窓際の椅子に座っていた。

「昨日の電話で、事情は一応分かったよ。ところで、どうやってぼくらのことを知ったのかな」

いきなり、くだけた調子で話しかけてきた。

「学校の友達から、うわさで聞いてたわ」

「そうか。でも、特定の人物についての記憶だけを完全に抹消するのは、ぼくらにとっても実験段階の技術だ。君にはモルモットになってもらうわけで、それで、料金は格安にしてあるんだ」

私は黙って、お金の入った封筒をテーブルの上に置いた。

「彼氏の写真とか手紙は全部処分したんだろうね」

「したわ」

「よろしい。治療が終わると君はここで目覚めるが、なぜここにいるかは覚えてない。ぼくは姿を消している。そこの彼女が、君が急な発作で倒れて、この部屋に運び込まれたと説明する。軽い記憶喪失が残るとも説明するはずだ」

なるほど、その時には、私はもう別の人生を歩んでいるわけだ。新しい未来と新しい過去とを抱いて。

「彼女が君を下宿まで送ってくれるだろう。下宿は女子学生会館だったな」

「東郷神社のすぐ隣よ」

「よし。あそこは男子禁制だろうから、彼女に一人で送ってもらうのがちょうどいい」

それから、私の後ろにひかえている美少女の方に視線を移した。

「彼女は通称レイラといって、ぼくの助手をしてくれてるんだ。オモテの顔は歌手だけど、催眠療法に関しては相当な能力があって、ぼくの共同研究者といってもいい」

「それで、あなたの名は?」

思わず、疑問が口をついて出た。

「田沼雄一だ」

一瞬、映画の主人公みたいだと思ったが、その心をいち早く読み取ったかのように、彼は苦笑した。

「本名だよ」

それから、黙って、ふとんのかかっていないベッドの方を指さした。私はベッドに近づき、心臓の高鳴りを抑えようと、ゆっくり深呼吸をした。

＊　＊　＊　＊　＊　＊　＊　＊　＊　＊

窓の外は、もう夕暮れになっていた。薄暗い部屋の中で、分厚い原稿の束を抱えて、私は途方にくれていた。これは確かに私の書いたものだが、自分が書いたという実感がまるでない。誰か他人の意志が、文字をつづらせてこれを書かせたとしか思えなかった。

それにしても、この不思議な内容は虚構なのだろうか、現実なのだろうか。いくら考えても、分からなくなるばかりだった。

ただ、目の前には、涙のしずくのような形をしたあのオニキスが、光沢を放ちながら確かに存在している。すべての痕跡は処分したはずなのに、なぜ、これだけ残ってるんだろう。未練がましく、一つだけ残しておいたんだろうか。それとも、これがあの時のオニキスだということも、やっぱりただの妄想なのだろうか。

外はみるみるうちに夜の景色に変わっていったが、考えれば考えるほど分からなくなるばかりで、思わず私は、両手で頭をかかえた。

7

今日で三月も終わりだというのに、東京には時ならぬ雪が降った。朝の九時にはほとんどやんでいたものの、原宿駅に向かう道路は、すでに四センチほど雪が積もっていた。私は大きな旅行鞄を持ち、滑ってころばないようびくびくしながら駅に向かって歩いた。リュックサックを背負った外国人旅行者が、春用の軽装のまま、茫然とした目つきで駅の方から歩いて来るのとすれ違った。

大学の卒業式が終わって以来、夢のような四年間が過ぎ去った実感は、日ごとに強まっていった。途中は平凡な学生生活だったが、ようやく終わり近くになって、初恋の人とそっくりの彼氏に出会い、今はそれなりに満足して、私は彼の婚約者になろうとしている。振り返れば、一年以上続いた長距離恋愛は、わが身の現実とは思えないほど刺激的で、幸せな経験だった。明日からはいよいよ彼と同じ金沢の町で暮らすことになり、思い出いっぱいの竹下通りも原宿駅も、そして東京の町も、今日でお別れだ。金沢ではおそらく、いやというほど雪を見るだろうが、東京で見る雪はこれが最後かも知れないと思った。

名古屋経由で北陸に向かうために、東海道新幹線を使うつもりだった。東京駅に着くと、雪の影響は意外に少なく、新幹線もほとんど時刻通りに出発していた。

ホームでは何度も時計を気にしたが、十二時ちょうどのひかり471号は、予定通り入線し、私は七号車の窓際の指定席にすわった。

発車までしばらく間があったので、ぼんやりとホームの風景を眺めた。春休みの旅行シーズンに加え、転勤や新入学の人も多いようで、旅に出る人、見送る人でホームはごった返していた。そんな景色をじっと眺めているうちに、気分も次第に落ちつき、これまでのいろんな思い出が改めて脳裏によみがえった。

ふと気がつくと、見送りの人たちがかたまっているすぐ後ろに、ほっそりと背の高い男性が、黒いコートを着て立っていた。長い髪に隠れて顔はほとんど分からなかったが、一瞬こちらを向いたときに、大きな鼻が鹿の鼻先のように見えて、妙におかしくなってしまった。

「トナカイさん」

つぶやきながら、私は窓に顔を押し当てた。

やがて、出発を告げる車内放送が流れ、ひかり号は音もなく動き出した。黒いコートの男性はすぐに消え去ったが、鹿の鼻先はいつまでも目に焼きついて、不思議なほど心がなごみ、笑いがこみ上げた。

「アディゥ（さようなら）」

誰とも分からない彼に、無言でささやいた。その間も列車はどんどん速度を上げ、ホームの景色は飛ぶように流れていった。

# ノスタルジック・オデッセイ
## 第二部

# 第五章　現れつつ隠れ……

## 1

最近は「哲学」というものが、本当に大衆化したと思う。以前は、哲学をやるやつなんて奇人、変人と思われたし、へたをすれば、危険人物と見られかねなかった。ぼくが高校生のころ、新任の倫理の先生が「自分は哲学者です」と自己紹介したら、みんな爆笑したもんだ。当時の生徒にとって、「哲学者です」というのは、「魔法使いです」とか「宇宙人です」というのと同じように聞こえたに違いない。

それが、今では、多くの老若男女が哲学に対して新鮮な興味を持ってくれる。まるで、気のきいたファッションみたいなもんだ。そのおかげで、ぼくもこうしてカルチャーセンターの自分の講座にそれなりの聴衆を集めることができる。ぼく自身は心理学から転身したアマチュア哲学者だし、講座の題名も「東洋哲学と美術」という渋いものだが、それにもかかわらず、こうして熱心に聴講してくれる人がいるのには、感謝するしかない。特に今日は、いつもの常連諸氏の他に、初参加の気になる人も混じっているわけだし……。

そんなことを考えながら、十五人ほどいる聴衆の顔をゆっくり見渡して、話を続けた。初夏の朝の明るい光が教室に満ちあふれるのを、半ばうっとりと眺めながら。

「十牛図は中国の仏教徒が作ったものですが、日本では、室町時代の禅僧・周文天章が描いた絵が有名で、後世の日本美術にも大きな影響を与えました。そこまでは、前回お話しましたよね」

「そうですな」

「前川商事」の前川社長が最前列でつぶやいた。

「十篇の水墨画の連作ですが、第一図から第七図までは、見失った牛を牧童が探しに行って、ようやく見つけて連れて帰るというストーリーになっています。牛というのは、われわれの『真の自己』を象徴していますから、自分探しの旅といっていいわけです。ただ、第七図では牛の姿が消えて、牧童一人が夕日を眺めています。そして、第八図になると、牛も牧童もみんな消滅し、形のない〝無〟の光だけが一面に溢れます。ところが、第九図ではまた一転して、花が咲き乱れ水が流れる美しい風景が現れ、〈ありのままの元に戻る〉と題されます。ただし、人も牛も姿はなく、どこまでも静寂そのものの風景です。最後の第十図では、冒頭の牧童がいかにも円満そうな老人に変わり、町に出て別の若者に出会う。そこで、十牛図は終わります」

「八から十をどう考えるかだね」

うめくように、松本さんがいった。

「そうですね。第六図までで牛は一応つかまってるわけですから、牧童は『真の自己』を悟ったと考えられます。ところが、『真の自己』にはさらに深い奥があって、最初の悟りを前提にして、さらに深層の『真の自己』に目覚める。それが第八図だといえます。あるいは、こうもいえるかも知れません。第七図までに牧童が悟った『真の自己』の内容を、視覚的に表したものが第八図と第九図だと」

「第七図で、ぼんやり夕日を見ている牧童の、夢の中身が第八と第九かも知れないね」

松本さんがいった。なるほど、そうかも知れない！　八と九の解釈は本当に多種多様なんだ。

「いずれにせよ、『真の自己』を自覚した牧童はそれによって生き方も変化します。自分と周囲を余裕を持って眺め、他者とも虚心坦懐に接することができる。それが、第十図の円満な老人の意味だと考えていいでしょう」

## 2

「問題は、第八図の〝無〟だよね。真理に目覚めれば、人も牛も〈もう何もない〉。それって一体どう考えればいいのか」

前川社長がいった。

「そうです。そこで、こんな風に考えてみて下さい」

ぼくは、一呼吸おいて話し続けた。

「われわれの経験するすべてを、仮に映画に例えるんです。皆さんは、今、この部屋の中を見ているし、私の声を聞いているし、いろんなことを思っています。そういう見たり聞いたり思ったりする内容を、全部映画みたいなものだと考えるんです。もちろん、牛をつかまえに行った牧童の経験も、牧童自身が見た映画に他なりません」

「すべては意識の中のドラマだということですか。唯心論的ですな」

田淵さんがいった。さすがは哲学歴四十年のベテラン。反応が鋭い！

「そうですね。ともあれ、すべてが映画だとすると、われわれの『真の自己』とは、映像の移ろいに過ぎないともいえます。しかし、映画を見るためには、さらにまた、そこに何かが潜んでいなければなりません。表面には現れないけど、映像をあらしめるものです。何だと思います？」

一瞬、沈黙が生じる。

「映画の場合でいえば、スクリーンですね」

今度は石川さんがつぶやいた。こちらも哲学歴三十年。常識の範囲内だったかも知れない。

「そうです。その通りです。真っ白なスクリーンがあるからこそ、そこに映画が映るわけです。われわれは映画を見るとき、色・柄の全くない無のスクリーンを常に見ています。しかし、実際に見ているのは映画であって、真っ白なスクリーンではありません。つまり、スクリーンは、そこにあるのに見えない。〈現れつつ隠れ、隠れつつ現れている〉わけです。われわれのすべての経験もそれと同じなんです。だから、第一図から第七図までの牧童の物語も、みんな〝無〟のスクリーンの中で展開していたドラマだと考えられます。第八図の〝無〟が表しているのは、そういうことなんです」

「なるほど。でも、十牛図の時代に映画なんかなかったでしょう」

すかさず、松本さんがいった。

「もちろん、スクリーンというのは現代的な比喩です。だから、映画などなかった昔の人は、波の背後にある〈海そのもの〉とか、映像の背後にある〈鏡〉という言い方をしました。いずれにせよ、こうした、スクリーンに例えられるものが、哲学用語では〈絶対無〉といわれ、われわれの経験の背後にある『真の自己』と見なされるわけです。もちろん、近代の哲学用語ですから、十牛図を描いた中世人が使った言葉ではありませんが」

「ゼッタイム？　いきなり哲学的ですな。それって、中途半端な〝無〟じゃないってことですか」

松本さんが聞いた。

「スクリーンは、さまざまに変化する映像の背後に、常に必ずあり続けるものですから〈絶対〉。それ自体は、色や形が何もないものですから〈無〉です。つなぎ合わせれば〈絶対無〉ということになります」

ようやく話は佳境に入ってきたが、初参加の彼女に分かってもらえるかどうか、ぼくはずっと気にしていた。幸い、彼女が深々とうなずいたように見えたので、とりあえず安心だ。

「でも、映画のスクリーンみたいなモノが本当にあるんですか」

松本さんがまたいった。いかにも、もっともな質問だ。

「絶対無がスクリーンだというのはあくまで比喩です。そういうモノが実際にあるわけではありません」

「じゃあ、一体何があるんです？」

「なかなか説明しにくいんですが、こんな風に考えてみて下さい。われわれの見たり聞いたり思ったりする経験を、さっきと同じように映画に例えます。赤いバラが見えているとしましょう。

次に、その映像が現れる根拠を考えます。一つは、映像の〈かたちの根拠〉です。つまり、見えているのが赤いバラであって、白い梅でも黒い石でもないということの根拠です。もう一つは〈存在の根拠〉で、内容が何であれ、とにかく何かが今ここに現れていることの根拠です。〈かたちの根拠〉があっても、〈存在の根拠〉がなければ、赤いバラは現れません。両方の根拠が重層した時に、赤いバラの映像が現れるわけです。それじゃあ、映画の場合、映像の〈かたちの根拠〉に当たるのは一体何でしょう？」

「フィルムじゃないかな」

前川社長がいった。

「そうですね。フィルムと考えてもいいし、脚本と考えてもいいし、原作者の意志と考えてもいいでしょう。しかし、脚本やフィルムだけあっても、映像は映りません。そこで〈存在の根拠〉が必要なんですが、映画の場合、それは何でしょう？」

「それがスクリーンだ！」

「いや、映写機じゃないか。厳密にいえば、映写機の光だ」

「観客の視覚といってもいいね。映写機の光がスクリーンに当たっても、視覚を持った観客が見なければ、赤バラの映像は映像としては出現しない」

さすがは田淵さん！　言うことがいちいち哲学的だ。

「そうですね。だから、〈スクリーン〉も〈映写機の光〉も〈観客の視覚〉も、〈存在の根拠〉という意味では全く同じものです。絶対無というのもそれと同じで、われわれが経験する意識現象を〝今ここにあらしめる〟〈存在の根拠X〉です。何か特定のモノではありません。そういうものを考えざるをえないというだけですから、実際には影も形もない摩訶不思議なものです。それをわれわれが映画に例える場合に、スクリーンに例えたり、光に例えたり、観客の視覚に例えたりするわけです」

「なんだかまだ、半信半疑ですな」

前川社長がうめいた。そりゃそうだろう、哲学なんだから。手にとるように分かるわけがない。

「それで、絶対無も、今いった三種類の比喩に即して説明されます。スクリーンでイメージする場合が〈無の場所〉であり、古代ギリシアの哲人プラトンは〈コーラ〉と呼びました」

「コーラって、コカコーラですか?」

「いえ、絵を描く時のカンバスのようなものです。文字通りの〈場所〉ですね。大海原とか鏡といった比喩も同じイメージです。それに、スクリーンは映像の背後に隠れているので、〈隠れたもの〉というイメージにもなります。古代ギリシアには、〈自然は隠れることを好む〉という、意味深長な言葉もあります」

「日本の古い言葉にも〈幽玄〉ってありますよね。あの〈幽〉も〈玄〉も、〈暗い〉という意味で、背後に隠れて現れないもののことなんですが、関係ありますか？」

美術家の高木さんが聞いた。

「そうですね。藤原定家のこんな歌を、皆さんご存じでしょう」

そういいながら、ぼくはボードに和歌を書いた。

見渡せば　花も紅葉もなかりけり　浦の苫屋《とまや》の秋の夕暮れ

「彩りのある桜や紅葉はどこにも見えない、そんな何もない寂しさの中から、桜や紅葉が想像によって出現します。目に見える現実から〝隠れている〟からこそ、想像の中で自由に輝くんです。それが〈幽玄〉です。一方、そういう想像も、あくまで想像ですから、現実には否定される。幻想の花が消えて〝隠れる〟ことで、本当は何もないんだという寂しさや暗さが生々しく姿を現し、形を失った〈存在そのもの〉が直観されます。そのことも〈幽玄〉と呼ばれます。でも、そうした寂しさはただ寂しいだけじゃなくて、彩りのあるものがそこから無限に湧き出るような可能性を秘めた暗黒です。そう考えると、それがまさに絶対無のイメージと重なり、そうした絶対無のことを〈幽玄〉という場合もあります」

「それじゃあ、藤原定家は絶対無のことを詠んだんですか？」

いい質問だ！

「厳密にはそこまで考えてなかったでしょう。ただ、〈現れつつ隠れ、隠れつつ現れる〉という摩訶不思議な感覚を直観し、それを、昔の歌人は〈幽玄〉という言葉で表現したんです。日本の文学や美術の作品には、もちろん日本だけではないかも知れませんが、そういう存在の神秘を表したものがすごく多いんです」

「なるほど。〈幽玄〉のことは何となく分かりましたが、絶対無は映写機の光でイメージしてもいいわけですよね」

今度は、石川さんがいった。

「そうです。ローマ時代のプロティノスが提唱した〈光の形而上学〉もその意味です。ドイツの哲学者ハイデガーが〈ザイン〉と呼ぶのも、すべての現象を〝あらしめる〟エネルギーのようなものです」

「絶対無は〝光〟なんですか。さっきは、〝暗黒〟だったんじゃないですか？」

今度は、田淵さんが尋ねた。

「どっちでもいいんです。だから、〈光り輝く暗黒〉という言葉もあります」

「詩的な表現ですね」

「それからまた、絶対無を、映画を見る観客の目に例えることもできます。目といっても、目玉じゃなくて〈対象を見る能力〉のことですから、〈視覚〉といった方がいいかも知れません。その場合、絶対無は、比喩的に〈見るもの〉とか〈純粋主観〉とか〈清浄な心〉と呼ばれます。まさに『真の自己』のイメージにぴったりですね。インドのヴェーダーンタ哲学では、そういう『真の自己』をアートマンといいます。それは、見たり聞いたり思ったりする経験の内容から切り離された、無色透明の〈われ〉そのものです。それから、これもインドの例ですが、サーンキヤ哲学では〈見るもの〉とか〈光〉をプルシャ、〈暗黒〉の〈無の場所〉をプラクリティと呼んで区別しています。絶対無を二分割して、一人二役させてるわけですね」

「なるほど。ところで、〈見るもの〉自身は〝清浄〟なんですか？」

松本さんがつぶやく。

「そうです。例えば、汚いものが見えていても、見ている目が汚くなるわけではありません。それと同じです。だから、中国の禅僧・慧能《えのう》は、『真の自己』を、汚れが付着するはずのない〈本来無一物〉と呼びました。われわれの『真の自己』は、そういう意味で、どこまでも清浄な〝無〟だということです」

「そういえば、〈無一物〉は、桃山時代の赤楽《あからく》茶碗の名前にもありますよ。侘《わ》びた赤土が、穢れようのない〈無一物〉を象徴するわけですな」

美術家の高木さんがまたいった。

3

「それにしても、絶対無が〈現れつつ隠れ、隠れつつ現れる〉というのは、面白い表現ですね」

高木さんが続けた。

「そうですね。まさに、詩的なインスピレーションを掻き立てる表現です。同じことを、鎌倉時代の禅僧・妙超は、こういう風に表現しています」

いいながら、ボードに漢文の詩句を書く。


億劫《おくごう》相別れて須臾《しゅゆ》も離れず、尽日《じんじつ》相対して刹那《せつな》も対せず

「永遠といっていいほど長い時間別れているのに、わずかの間も離れない。一日中向き合っているのに、一瞬たりとも向き合わない」

「それがつまり、背後に潜む〝スクリーン〟だということですか」

「そうです。同じことを、噴水の水に例える人もいますし、ロウソクの炎に例える人もいます。

水や炎が絶えず吹き上がり、同時に崩落する。それが常に同時に起きていて、〈現れつつ隠れ、隠れつつ現れる〉ということです」

「ホントに神秘的ですね」

「さきほど触れたローマ時代の哲人プロティノスは、絶対の〈一者〉からこの世界が現れることを〈発出〉と呼び、世界が〈一者〉に戻ることを〈還帰〉と呼びました。その場合も、発出と還帰はいつも同時に起きてるんです」

「ますます神秘的ですね」

「十牛図の場合も思い出してみて下さい。第八図で何もない絶対無が現れるやいなや、次の第九図では、花が咲き乱れ水が流れる〈かたち〉ある世界が現れます。この移行は、明らかに必然です。なぜなら、両者は時間的な前後じゃなくて、まさに同時に起きているからです」

気になる彼女が、またうなずいたように見えた。

「これで、〈現れつつ隠れ、隠れつつ現れる〉という意味はお分かりいただけたと思います。ところが、第八図と第九図には、もう一つ別の解釈もあるんです」

恐る恐る話し続ける。面倒だけど、ここは省くわけにはいかない！

「それは、八と九を宗教家の修行のプロセスに例える場合です。その場合、第八図と第九図は同時じゃなくて、前・後の関係になります」

「つまり、同じ絵でも、いろんな解釈があるわけですね」

前川社長がつぶやいた。

「第八図で、宗教家は絶対無を悟ります。もちろん、絶対無が実際に見えるわけはありませんが、われわれの経験する世界が、無の〝スクリーン〟に漂う影に過ぎないことを、ここでしみじみ実感するわけです。日常のさまざまなものの〈意味〉が消えうせ、すべてが大いなる一つの〈場所〉に包まれ、そのおかげで、修行者はえもいえぬ歓喜に満たされるはずです。第九図は、そうした悟りの境地から、元の世界に戻った状態です。しかし、第八図の悟りを経由することで、現実の持つ〈意味〉は軽くなり、人は、とらわれのないサバサバした気分で生きられるようになります。第九図が、人影のない静寂な風景を描くのは、それを象徴しています」

「なるほど、だから最後の第十図では、布袋《ほてい》さんみたいな円満な老人になるわけだ」

社長がいった。まさに、その通り！

「生活の中の〈意味〉が消え失せると、気持ちよくなるんですか？」

今度は、松本さんが尋ねる。

「そうです。もちろん、逆のケースもありますよ。景色が普通に見えていてもリアリティーがなくなってゆく病気を離人症といいますし、皆さんも自分の手をじっと凝視すれば、これが指だとかシワだとかいった、当たり前の〈意味〉が蒸発して、意味不明の不気味な肉塊に見えてきます。そういう時は、気持ちのいいものではありません」

「サルトルのいう〈嘔吐《おうと》〉体験ですね」

「そうです。しかし、〈意味〉のしがらみが軽くなって楽しいこともあります。例えば、長い間旅に出ていた人が、懐かしい故郷に帰って来た時を想像してみて下さい。旅に出る前、故郷で暮らしていた時は、何もかもがびっしりと〈意味〉づけられ、日々の喜怒哀楽にとらわれて、あくせく生きていたわけです。でも、帰って来た旅人の目で同じ町並みを見れば、何もかもが余裕をもって眺められる、いとおしい風景でしかない。そこでは、余分な〈意味〉が削ぎ落とされることで、心の安らぎが生まれているわけです。皆さんも、優れた風景画や静物画を見ることで、それと同じ〝旅人の目〟を擬似体験できるかも知れません」

「美術の意義まで説明してもらえるとはありがたいね」

高木さんが声を上げた。

## 4

「まあ、そういうことで、十牛図にまつわる話はこれで終わりです。十牛図はもともと宗教家が描いたものですから、必ずしも合理的ではありませんし、いろんな解釈がありえます。ただ、インド伝来の仏教思想がベースにあることは確かで、それをたどってゆくと、哲学的な解釈もある程度可能になり、古今東西のいろんな思想と共通する面が見えてきます。今日は、そういう視点でお話しましたが、十牛図の世界を哲学的な立場から理路整然と解明したのは、何といっても、日本の天才哲学者キタロウです。次回のテーマは『中世仏教の教義と美術』なんで、キタロウの思想には直接触れませんが、彼のことはまた別の機会にお話したいと思います。今日は、ご出席いただき、本当にありがとうございます」

聴衆がゆっくり立ち上がるのが見え、やがて、堰を切ったように思い思いに談笑し始めた。

ぼくは、初参加の彼女の方にゆっくりと歩いて行った。

「お疲れさまでした。抽象的な話で難しかったんじゃないですか。分かりにくい時は、いつでも質問して下さい」

少しかしこまって、話しかけた。

「いいえ、とてもよく分かりましたわ。それに皆さん熱心で、びっくりしました。哲学と芸術を結びつけるのも面白いと思います。私も前からそういうことは、うすうす考えていたんです」

本当に笑顔のすてきな人だと思った。

「ところで、天才哲学者キタロウって、ニシダ・キタロウのことですよね」

「そうです」

答えたついでに、少しためらいながら聞いてみる。

「隣のビルの二階に、同じ〈キタロウ〉って名前のカフェがあるんです。講義の後で、ヒマのある人はいつもそこにお茶を飲みに行きます。まあ、ビールとかワインの人もいますが、少人数の茶話会みたいなもんです。今日も、何人か行かれると思うんですが、よろしかったらご一緒にいかがですか?」

彼女の透き通った目が、キラッと輝いたように見えた。

「ホントに? 先生も行かれるんですか?」

「もちろん、参加します」

「ぜひご一緒させて下さい」

心の中で、思わず、ラッキー!と叫んだ。美人を間近に見るという〈経験〉と、お茶に誘うという〈行為〉とは、不即不離の関係で直結する。それをキタロウは、「行為的直観」と呼んでいる。

チラシを配る地域を多少広げたおかげで、彼女が突然来てくれたわけだから、幸運はどこにころがっているか分からない。講義の前に聞いた話では、都内の大学に通う娘が一人いて、最近、フランスから来た男と付き合っているらしい。女子大生の母親なら、年も自分と同じぐらいだ。中年女性の魅力には抗しがたいものがあるし、好みのタイプかと聞かれれば〝違う〟とはいい切れない。もっとも、ぼくが気になっていたのは、そんなことだけではなかったが……。

# 第六章　純粋経験

## 1

新入りの彼女を連れていつもの細い階段をのぼりきると、そこが、カフェ〈キタロウ〉の入り口だった。ドアを開けると目の前にカウンターがあり、異様に面長で、眼光鋭く、丸メガネを掛けた老人の写真が壁に飾られていた。カウンターの中では、いつものマダムよりもふっくらした顔の女性が料理の支度をしていた。

「あれっ、翔子さんじゃないですか。マダムは？」

「今日はお休みなの。お友達がベリーダンスの発表会なんで、見に行ってるのよ。だから今日だけ代わりを頼まれてるの」

そういって、にっこりと笑った。

マダムというのは、この店の店主のことだ。ぼくも含めて、店の常連客はみんな彼女のファンなので、〝サロンの女主人〟という意味で「マダム」と呼んでいる。

部屋の奥を見ると、窓際の丸テーブルを囲み、さっきの講座の最前列にいた常連諸氏が四人、すでにビールを飲みはじめていた。哲学歴四十年の田淵さんだけは、いち早く別の勉強会に駆けつけたらしく、姿を消していた。


ぼくは、みんなに彼女を紹介し、彼女と並んで丸テーブルのこちら側に座った。改めて乾杯し、おつまみに手を着けはじめると、話題は自然に十牛図のことになった。男性陣は初対面の美人の前で、一生懸命平静を装っていたし、彼女は彼女で、哲学の話題に興味津々という感じだった。

「今日の話で十牛図の謎は解けたってことですか」

前川社長がいった。

「われわれの見たり聞いたり考えたりする経験を映画に例える。すべての経験の背後に、隠されたスクリーンを想定する。それが絶対無であり、この世界の〈存在の根拠〉であり、われわれの『真の自己』でもある。そういうことですね」

「でも、何かしっくり来ないものがありますね。単に昔の人がそう思っただけなら構わないんですけど」

松本さんが話し出した。

「〈存在の根拠〉も〈かたちの根拠〉も、つかみ所のない漠然とした話じゃないですか。われわれが経験する意識現象の〈根拠〉というなら、それは、脳だと思うんですよ。外界から光が入って、網膜に像を結び、それが視神経を通って脳に刺激を与える。意識現象の〈存在の根拠〉も〈かたちの根拠〉も、結局、そういうことじゃないでしょうか」

「なるほど、唯物論的にいくわけですな」

石川さんがうなずいた。

「そうです。それに、絶対無が世界を映すスクリーンだといっても、物質的な存在はどうなるんでしょう。今日のお話だと、われわれの意識現象の背景が絶対無だということですが、そうすると、宇宙にあるアンドロメダ星雲の背景も絶対無なんでしょうか」

「なるほど。それも、もっともな疑問ですね」

ここでようやく、ぼくが口をはさむ。

「確かに中世の人間はアンドロメダ星雲を知らなかったし、興味もなかったでしょうから、唯心論的な見方で納得したと思います。仏教でも、万物は意識の内容に過ぎないという〈唯識派〉が、東アジアの有力説として存在していましたから、なおさらですね」

「ちなみに、奈良の法隆寺や京都の清水寺も、〈唯識派〉の研究をするために出来たお寺です」

高木さんが、芸術に詳しいところを見せた。

「そうです。孫悟空で有名な中国の三蔵法師も、インドのナーランダ寺院に留学した目的は〈唯識派〉の調査、研究でした。ですから、松本さんのような唯物論的視点は、昔はあまり気にする必要がなかったんです。ただ、近代人にとっては、そうもいきませんよね」

ここで、もう一口ビールを飲み、話を進める。

「近代になってから、絶対無の思想を哲学的に再構築したのが、このカフェの名前にもなってる天才哲学者・キタロウです。絶対無という言葉をはやらせたのもキタロウ自身です。松本さんのような唯物論的な見方、まあ、それが現代の常識なんでしょうが、それを一つずつ解体してゆくところから、彼は議論を始めるんです」

「それは、興味津々ですな」

前川社長がいった。

「現代人にどれだけ説得力があるかは保証できませんが、それなりに合理的に考えてることも確かです。だから、キタロウの哲学を順を追って、お話しておくのもいいかも知れませんね」

ぼくは、椅子に座り直した。キタロウの解説は今朝の講義の目的ではないが、いずれはやらざるをえないテーマだし、今のうちに知識を整理しておくのも無駄ではないかも知れない。

## 2

ここで、翔子さんが大皿にサンドイッチを盛りつけて運んでくる。ぼくは思わずお腹が鳴って、マヨネーズの効いた玉子サンドを二切れ、一気に頬張った。

「キタロウは生涯に二十冊以上本を書いています。でも、ほとんどは雑然とした論文集で、きっちりまとまった単行本は二冊しかありません。彼の思想の全貌をつかもうと思えば、その中の一冊で、処女作でもある『善の研究』をマスターする必要があります」

「なるほど、『善の研究』ですね。ところで〝ゼン〟って坐禅のゼンですか」

石川さんが尋ねた。よくある質問だ！

「いいえ。善・悪の善です。キタロウが金沢の旧制高校で教えていた時に倫理学を担当して、その時の講義案が土台になったからです。もっとも、善・悪の話は全体の一部だけで、倫理を語るための前提となる哲学的世界観が主たるテーマです。そもそも、本人が最初につけた題名は『純粋経験と実在』なんで、『善の研究』は出版社が勝手に付けたものです。それで、キタロウは、初めは不満だったんですが、そのうち、『人生の問題は大事だから〝善〟の研究でもいいや』って思い直すんです」

「出版社が原稿を変えちゃうって、今でもよくありますよ。常習犯的な業者もあって、極端な例では推理小説の犯人が代わっちゃうこともあるそうです」

前川社長が口をはさんだ。

「それで、作家は抗議しないんですか？」

石川さんがいった。

「抗議したら、『でも、この方が面白いですよ』っていわれて、作家も納得したそうです」


「ところで、〝ゼン〟といえば、キタロウは坐禅で悟ったんでしょ？」

石川さんが続けた。これも、よく出る話題だ。

「そうです。確かに、『善の研究』を書く前、十年間ほど、坐禅にものすごく熱中した時期がありますます。まあ、家族関係とか職場のゴタゴタとか学歴コンプレックスとかいろいろあって、宗教にのめりこんだんですね。ところが、『お前は悟りの第一歩に達している』と師匠からいわれても、法悦の境地にどうしてもなれない。友人の仏教学者に相談すると、『個人差があるから、お前の場合はそれでいいんだ』っていわれる。そのころから、坐禅そのものより、思想の哲学的論理化に打ち込むようになります。だから、キタロウの哲学に禅体験の影響があるのは確かですが、その点を強調し過ぎるのは賛成できません」

ここで、もう一切れサンドイッチを頬張り、生ビールの残りを飲み干した。空腹に玉子サンドのマヨネーズとビールの味わいこそ、今のぼくにとっては至福の体験だ。

「『善の研究』が出たのが明治の終わりで、それから死ぬまで約三十年間、キタロウは思索を続けます。その間、いろいろ変化はあるんですが、思想の大枠は変わっていないと思います。それは、処女作と、最後の完成論文である『宗教論』とが不思議なほどピッタリ符合することから分かるんです」

「長い旅を終えて、原点に帰るわけですな」

「途中は長い長い寄り道だったってことですか?」

「寄り道とはいい切れないでしょう。それなりに視野が広がったり、考えが深まったりしてるでしょうからね」

話が盛り上がり、ぼくはもう一杯ビールを注文した。

「まあ、そうした思想の発展を順を追って説明してもいいんですが、それだと長くなるんで、今日は最終的な結末だけを整理してお話しします。もちろん、基本は『善の研究』なんですが」

翔子さんがジョッキを持ってきて、みんなで二杯目を飲み始めた。酔うほどに口も軽くなり、自分としても話しやすかった。幸い午後は仕事もないから、今日はキリのいいところまで一気に話してしまおうと思う。

気がつけば、彼女もおいしそうにビールを飲んでいるようだし……。

「キタロウの論文はどれも雑然としていて、とても体系的とはいえません。それでも、一生かけた思索を後から振り返って整理してみると、彼の哲学全体が一つの体系になってることが分かります。その内容がまた、十牛図のストーリーに似てるんです」

「また、十牛図ですか！」

「『真の自己』の探究ってことですね」

「そうです。最初に牛を探しにいって、つかまえて連れて帰る。そこまでが第一段階で、それによって『真の自己』が一応解明されます。しかし、その後で、すべてが〝無〟だという認識が開ける。それが、『真の自己』の第二段階です。そこまで行くと、この世界の仕組みもありありと分かり、他者との出会いがどういうことかも明らかになる。それが、十牛図の最後の第九図と第十図に相当する段階です」

「まずは第一段階からスタートですね」

前川社長がいった。

「そうです。それは、処女作の『善の研究』の前半に書かれていて、〈純粋経験〉論というテーマになります。そこでは、松本さんが最初におっしゃった脳やアンドロメダ星雲のような物質のことも検討されてるんです」

だんだん飲むテンポが速くなるのが自分でも分かるが、彼女がサンドイッチを食べるテンポも、心なしか速くなってゆくように感じた。

## 3

「確実にあるものとは、一体何か？　キタロウの哲学の第一歩は、まさにそういうことでした」

ぼくは続けた。

「例えば、昨日の夕日を思い出すことは出来ますが、もしかしたら、思い違いかも知れないし、昨日は夕日を見ていなかったかも知れない。今見ているテーブルやジョッキも夢・幻かも知れません。何もかも疑えば疑えるし、それこそキリがないわけです」

「全然疑わしいとは思わないけどね」

松本さんがうめいた。

「もちろん、私だって疑わしいとは思いませんよ。でも、心理的には疑わしくなくても、理屈の上では、疑おうと思えば疑えなくはない。それが、デカルトのいう〈方法的懐疑〉というやつです」

「実際に疑ってなくてもいいわけですか」

「そうです。それで、デカルトは、どんなに疑いたくても最後まで疑いきれないものは何かを考えたんです。そして、それは、今まさに〝疑う〟ということをやっている〈自分〉の存在だと考えました」

「〈われ思う、ゆえにわれあり〉ってやつですな。でも、私としては、何となく釈然としませんね。〈自分〉といっても、〝肉体〟ではないんでしょう。そうすると、〈自分〉なんて、影も形もない、捉えようのないものじゃないですか」

「そうそう。その通りです。だから、デカルトに続く哲学者たちは、デカルトの結論を修正して、〈疑いようのないもの〉とは、単なる〈自分〉ではなくて、〈今、何かを意識している自分〉であり、さらにいえば、経験されている今ここの〈意識現象〉の方だと考えました。例えば、今ここに見えるテーブルが幻覚だとしても、そういう幻覚が現れていることは否定できません。昨日の夕日が錯覚だとしても、昨日は夕日を見ていなかったとしても、あるいは、昨日という日が存在しなかったとしても、今ここで昨日の夕日を思い浮かべていることは確実です」

だから、ほろ酔い加減の美人が目の前に見えることも否定できない。たとえ、〝ほろ酔い加減〟がぼくの妄想だったとしてもだ……。

「キタロウもこうした考えに賛同して、確実にあるものとは〈今ここの意識現象〉だと結論づけました」

「でも、意識現象が〝確実〟なら、脳やアンドロメダ星雲みたいな物質的存在はどうなるんですか」

すかさず、松本さんが食いつく。

「それは後で、順を追ってお話しましょう。とりあえず、意識現象に関しては、皆さんも納得できるんじゃないかと思うんですが」

「確かに……」

異議のある人はいないようだった。

4

「キタロウは、こうした意識現象を、ウィリアム・ジェイムズの用語を借りて〈純粋経験〉と呼びます。『善の研究』では、章によって〈意識現象〉といったり〈純粋経験〉といったりしますが、結局、同じことを表してるんです」

ぼくは続けた。

「えっ、そうなんですか。純粋経験って、坐禅の悟りの境地じゃないんですか！」

石川さんが即座に反応した。

「純粋経験というからには〝不純な経験〟もあるはずですよね。でも、今の話だと、意識現象は何もかも純粋経験になっちゃいそうですね」

高木さんもいった。まさに予想通りの反応だ！

「〝悟りの境地〟のことをキタロウは〈宗教体験〉と呼んでいます。〈宗教体験〉も意識現象の特殊なケースですから、純粋経験の中に当然含まれます。でも、純粋経験そのものを〈宗教体験〉に限るのは誤解なんです。もっとも、そういう誤解はものすごく一般化してますから、今さらどうしようもないんですが……」

「じゃあ、不純な経験については、どうなんですか？」

「例えば、昨日の夕日を今思い出してる場面を想像して下さい。〝思い出している〟ということ自体は今現在の意識現象で、疑いようがありません。だから、まさに純粋経験です。でも、〝昨日の夕日〟は今ここにあるわけではなく、今ここのイメージをそういう風に解釈してるだけですから〝不純な経験〟です。このジョッキの中にオレンジジュースがあるというのも同じですね。そういう印象が意識現象として今ここにあることは純粋経験です。でも、オレンジジュースが本当にあるのかどうかは、断定できません。オレンジジュースの存在は、単に〝考えられた〟だけの解釈の内容ですから、純粋経験ではないんです」

「確かに、ジョッキの中身はビールだから、オレンジジュースじゃないしな」

「だから、意識現象そのものに、純粋な経験と不純な経験との二種類があるわけじゃないんです。意識現象の意味内容に注目すれば不純な経験にもなりますが、意識現象全体をまるごと一つのイメージとして受け取れば、常に必ず純粋経験なんです。その意味では、二十四時間すべての経験は、例外なく純粋経験だといっていいわけで、キタロウ自身もはっきりそう書いています」

石川さんはまだ不審そうだったが、ぼくは先を急いだ。

「結局、実在するといえるものはすべて純粋経験、つまり、今ここの意識現象です。そこから、物とか心とか、いろんなものが、二次的に派生します」

「二次的にですか？」

「そうです。例えば、『机の上が見える』という意識現象と『窓の外が見える』という意識現象と『黒板が見える』という意識現象とが、内容的に連続した形で次々に現れたとしましょう。そうすると、われわれは、〈わたし〉という〝心〟を持った主体が持続的に存在し、それが、『机の上を見て、窓の外を眺めてから、黒板に目をやった』かのように思ってしまいます。実在するのは意識現象だけなのに、自己というものが実体としてここにあるように錯覚するわけです」

「それじゃあ、〝自己〟って錯覚なんですか？」

「そうです。だからキタロウは、『個人あって経験あるにあらず、経験あって個人あるのである』といってます。とても有名なフレーズなんですが、個人というものが厳然とあって、それがいろんなことを経験してるんじゃない。いろんな経験、つまり意識現象がつながって現れることで、個人というものが実在するように感じるということです。だから、『真の自己』とは、移ろいゆく意識現象に過ぎず、実体として自己があると思うのは、錯覚なんです。これが、『真の自己』とは何かに対する第一の答えになります」

「理屈としては何となく分かるけど、急には信じられないなぁ」

松本さんがうめいた。

「しみじみ実感したかったら、それこそお寺にこもって坐禅するしかないでしょうね。一方、物と心の、物の方も、同じように考えられます。例えば、松本さんは、テーブルがあるとはどういうことだと思いますか」

「そりゃあ、テーブルはここに確かにあるでしょう。現に目の前に見えるし、触ったり叩いたりできるし……」

「そうですね。上から見れば丸く見えるし、横から見れば薄く見えるし、斜めから見れば楕円形に見える。触れば平たく感じるし、叩けば硬く感じる。ここから見えるだけなら幻覚かも知れないけど、いろんな角度からも見えるし、他の人にも見えているようだ。だから、われわれは、客観的なモノがあると確信します。でも、それは、こんな角度から見れば、こんな映像が見えるだろうという〈知覚の可能性〉の集合体なんです。そう考えれば、〝モノがある〟というのも、いくつもの意識現象から浮かび上がるイリュージョンなんです」

「でも、それだと唯心論ですよね」

即座に松本さんがいった。

「そうです。確かに、唯心論といえなくもありません。キタロウ自身、意識現象を純粋経験と言い換えた上で、『純粋経験を唯一の実在としてすべてを説明する』といってますし、『実在とは意識現象すなわち直接経験の事実あるのみだ』ともいっています。物体とは、意識現象の内容を整合的に説明するために、心が作りだした仮定に過ぎないともいってます。ただし、『自分は唯心論にも唯物論にも賛成しない』という文も繰り返し出てきます。それは、意識現象の連続から浮かび上がる自己や物が、あくまでもイリュージョンであって、実在ではないという意味なんですが」

「でも、そうすると、意識現象と全く無関係な素粒子はどうなるんですか？」

石川さんが聞いた。いい質問だ！

「それは実在しないんです。実在するものは意識現象ですから、当然、内容のあるものです。意識現象の連続から浮かび上がるヴァーチャルな自己も物も、必ず内容のあるものです。だから、自己とは、何かを見たり聞いたり思ったりしている〝内容のある〟自己ですし、物も、色や形が見えている〝内容のある〟物です。そうした内容が全くない〈心そのもの〉とか〈物そのもの〉を、キタロウは実在として認めません。〈物そのもの〉を不可知だとカントはいいましたが、キタロウの場合は、より大胆に否定するわけです」

「つまり、目に見える山や川は実在かも知れないけど、色も香もない素粒子はダメだということですね」

「そうです。ただ、現代の物理学者も、素粒子を、観測されるもの、少なくともその可能性のあるものとして考えますから、キタロウの考えとそれほど違うわけではありません。ともあれ、彩りに満ちたありのままのこの世界が実在であって、暗闇にうごめく原子の世界は実在じゃない。フェヒナーというドイツの思想家を引用しながら、キタロウはそう書いています。それが、学生時代から一生続いた物質に対する彼の持論なんです」

松本さんは、すっかり考え込んでしまった。

5

誰のジョッキもほとんど空になり、カウンターの方からは、翔子さんがデザートの果物を切る音が聞こえてくる。

「ここまでが、『善の研究』の前半に当たる〈純粋経験〉論です」

ぼくは、話を締めくくった。

「『真の自己』の探究は、これで第一段階が終わりですね」

「個人あって経験あるにあらず、経験あって個人あるのである」

「『真の自己』とは移ろう意識現象に過ぎない」

「なかなか実感としては分かりませんが、そういうことかも知れませんね」

高木さんもつぶやいた。ぼくは、一息入れてサンドイッチの残りを食べることに専念することにした。

「取り合えず、こういう形で〝牛〟はつかまったわけだ」

「でも、これからが『真の自己』の探究の第二段階なんでしょう？」

「いよいよ第八図の絶対無が、深層の『真の自己』として現れるわけですね」

前川社長がいった。


「キタロウによれば、世界は、無数にある意識現象の集合です」

サンドイッチを食べおわり、ぼくは椅子に座り直す。

「だから、今の私の意識現象もあるし、昨日の高木さんの意識現象もある。絶対無とは、それら全部を包み込む共通のスクリーンなんです。そうしたものをなぜ考えるのかといえば、意識現象と意識現象とが互いに無関係じゃなくて、結びつく必要があるからです」

その時だった。

ああぁッ、という叫び声が響いたのは。

「どうしたんですか」

みんなが一斉に彼女の方を見た。

「今何時ですか？」

「二時前ですけど」

「私、二時に娘と買い物に行く約束をしてたんです。間に合わないかも知れないわ」

「どこまで行くんですか？」

「表参道。夏物バーゲンの初日なんです」

「だったら、タクシーを呼ぶといいですよ。翔子さんに店から電話してもらいましょう。あなたは店の下で車を待っていて下さい」

ぼくは、とっさに提案した。

「すみません。それじゃあ、後はお願いします」

そういって彼女は、バッグを掴んで外に飛び出していった。かなりおミキが入っていたようなので、店の外の長い階段を踏み外すんじゃないかと一瞬妄想したが、彼女の足音はあっという間に遠ざかって消えた。

ビール代は初参加のお礼として、ぼくのおごりにしておこうと思った。来月の講義に来てくれるかどうかは聞きそこなったが、それはいずれ分かることだ。キタロウの話の続きはその後の会食でまたやればいい。ともあれ、こうしてかなりの長時間、彼女と一緒にいられたことに、その時のぼくは心の底から満足していた。

# 第七章　絶対無に包まれて

## 1

「ここから表参道まで五分で行けたんですか。それはすごい。優秀なタクシーですね」

田淵さんは、椅子にもたれながらいかにも面白そうにいった。

「そうなんです。都心でタクシーに乗ってもなかなかうまく走れないのに、その日は不思議なほど道路がすいてたんです」

彼女も楽しそうだった。

「娘さんとはよく買い物に行くんですか」

「はい、表参道にはよく行きます。あの子の下宿のすぐ近くですし。そういえば、ボーイフレンドとのデートの場所もいつも表参道だっていってましたわ」

「あの辺りも、最近は店が多くなりましたね」

それから、ぼくに向かって聞いた。

「それで、彼女が抜けた後も、みんなでキタロウの話をずっとしてたんですか？」

「いやいや、しばらく続きをしゃべってましたけど、すぐにお開きにしましたよ」

なにしろ、酔いもまわってきていたし、おカタい話をいつまでも続けるはずがない。しかし、先月の茶話会の場にいなかった田淵さんは、キタロウの話題に興味津々という感じだった。もっとも、彼は哲学歴四十年のベテランだから、ぼくよりよほど詳しいはずなんだが……。

「私、キタロウの思想にはホントに興味があるんで、自分が抜けた後で話の続きがどうなったか気になってたんです。でも、あんまり先まで進んでないなら安心しました」

「それじゃあ、いっそのこと、先生に続きの話をここでしてもらったらどうですか。次回の講義にぼくは出席できないし、キタロウのことが茶話会でもう一度話題になるとも限りませんからね」

田淵さんがぼくをけしかける。もっとも、普段はいかにも老練な〝哲人〟風の彼が、今日は彼女のおかげで、とても穏やかそうに見える。彼女も、そんな彼に対して、不思議なぐらい親しげに振る舞っていた。

「それもいいですね。『真の自己』の第二段階。絶対無についての話でしたよね」

ぼくも、だんだんやる気になってきた。カフェ〈キタロウ〉の窓からは、ちょうど夕暮れのやわらかな光が差し始めて、知的な雰囲気を演出してくれていたし……。

それにしても、ぼくと彼女と田淵さんとが三人一緒にいるというのは不思議な顔ぶれだと思った。三人がたまたまカルチャーセンターの事務所に用事で来て、誰いうともなく、みんなで〈キタロウ〉に行こうと決めたのが半時間前。しかも、その日は、買い出しから戻ったばかりのマダム、つまり、この店の美人店主も、コーヒーをいれながらカウンターの向こうで耳を傾けていた。彼女は、先日の翔子さんよりずっと小柄で、顔も体もスリムだったが、透き通ったこぼれるような大きな目と、長い黒髪が印象的だった。

## 2

「十牛図では、各々のシーンの背後に〝無〟があることが示されます。ただし、〝無〟というスクリーンはシーンごとに別々にあるのではなく、すべてを包む無限大のスクリーンがあるわけです。キタロウの哲学でも、絶対無は時空の全体を漏れなく包む無限大の〝場所〟です。なぜ、そんなものを考えるのかといえば、キタロウ自身が宗教体験の中でそういうものを直観したからかも知れませんが、哲学的にいっても理由があります。それは、世界を構成する無数の意識現象が、同じ〝場所〟の中で互いに結びつけるようにするためです」

「意識現象が結びつくんですか?」

「そうです。例えば、今日の意識現象が昨日の意識現象を思い出す。これも結びつきですし、ぼくの話が皆さんにこうして通じている。これも、人と人との意識現象の結びつきです。キタロウは、物理の例をよく挙げるんですが、ここにある物体と向こうの物体とが衝突したり影響し合ったりできるのはなぜか。あるいは、物体Aが右から来て、物体Bが左から来るというような相対的な位置関係がいえるのはなぜか。それは、両者が同じ空間の中にあるからですよね。それと同じなんです。ただ、意識現象は物体じゃないから同じ〝空間〟とはいえない。それで、空間の代わりに、同じ〝絶対無〟に包まれてるという言い方をするわけです」

「話が通じるのも絶対無のおかげなんですか」

「そうです」

ここで彼女は、少し怪訝な顔になる。

「でも、普通に考えると、先生の意識が口を動かして言葉を出し、それが空気を振動させて私の耳に入り、それが私の意識に現れるって考えるんじゃないでしょうか」

なるほど、いい質問だ! 思わず彼女に拍手したくなった。

「そうですね。私もそんな風に考えるのが常識だと思うんですが、キタロウは違います。なぜなら、心から物は出てこないし、物から心も出てこないからです。つまり、意識がまるで念力のように脳や口を動かせるでしょうか。逆に、鼓膜や脳の物理的な状態が、どうやって意識を作るんでしょうか。常識的な説明では、〈物そのもの〉と〈心そのもの〉を想定して、それらが当然のように作用し合うと考えます。でも、この前お話したように、キタロウは〈物そのもの〉も〈心そのもの〉も認めていませんし、そんなものが仮にあっても、両者がどうかかわり合えるのかは永遠に謎です。だから、キタロウは、意識現象と意識現象とが〝無〟を通じて直接結びつくと考えたんです」

ぼくは一気にしゃべった。

「それって、すごい発想ですね」

思わず彼女がため息をつく。確かに、常識を超えた〝すごい発想〟だ……。

「ちなみに、〈物そのもの〉と〈心そのもの〉とが、どうやってかかわり合えるのかは、哲学史上、デカルト以来の難問といわれてます。デカルトは、人間の脳の奥に心と物をつなぐ特殊な器官があるといいましたが、これが苦し紛れのコジツケであることはデカルト自身も認めています。ものすごく単純素朴な唯物論者が相手なら、こんな説明でもいいけどねってことですね」

田淵さんがすかさずフォローしてくれた。さすがはベテラン哲学家だ。

3

ここで細身の美人マダムが、みんなの分のアイスコーヒーとケーキを運んできてくれた。

「また、面白そうなお話ですわね。ご一緒させてもらっていいかしら」

「どうぞ。どうぞ」

田淵さんがいうと、マダムは、エプロンをしたままでぼくのすぐ隣に座った。

「でも、世界が絶対無に包まれるといっても、そこから後がまたややこしいんですよ」

ぼくは、改めて宣言する。

「キタロウは、そんな絶対無のことを〈神〉だといってるんです。テキストによっては、〈仏〉といったり〈絶対者〉といったりもしますから名称はどうでもいいんでしょうが、要するに〈神〉なんです」

え?・という意外そうな空気が辺りに充満した。

「神って、キリスト教の神さまみたいなものですか?・」

彼女が聞き返す。おそらく、サンタクロースとか、頭に蛍光灯のような輪を載せた人を想像しているに違いない。

「それとも、アマテラスオオミ神とかアラーの神とか?・」

マダムも面白そうにいう。

「それが、そういう神とは全然違うんです。つまり、キリスト教なんかの神は、身体があるにせよないにせよ、独立した一つの知的存在ですよね。この世界を見て、考えたり怒ったり喜んだりする心ある存在です」

「確かに。神は愛だとかいいますわね」

「ところが、キタロウの神は、そういう風に世界を外側から見る神じゃなくて、この世界そのものなんです。だから、怒ったり喜んだりするような特別な意識は何もありません。あえて神に意識があるとすれば、その意識こそ、われわれのこの世界なんです」

「ぼくらのこの世界は、神の昼寝の夢に過ぎない！」

田淵さんが声を立てて笑った。だが、他の人には全く理解を超えているようだ。

「それじゃあ、こんな風に考えてみて下さい」

ぼくは一呼吸おいて、頭を整理しながら話し出した。

「われわれの一瞬一瞬の意識現象をスナップ写真に例えます。見たり聞いたり感じたりしているすべての内容が、一枚のスナップ写真に写ってるわけです。無数のスナップ写真の集合体が、キタロウの考える〝世界〟です。そうした無数の写真が、大きな白い紙の上に、順序よく配列されていると考えます」

「その真っ白な台紙が、絶対無ですね」

田淵さんが注釈した。

「そうです。世界全体を映すスクリーンですが、世界を包む〝包み紙〟といってもいい。しかし、写真は紙の上にべったり貼りついてますから、包み紙という時には、真っ白な紙を指すこともありますが、無数の写真が一面に貼りついた状態の紙を指すこともあります。一面に写真の貼りついた紙は、それ自体が一つの〈神の純粋経験〉といえます」

「映画のスクリーンにしてもそうですよ。真っ白なスクリーンが目の前にあるはずだけど、ぼくらが見ているのはいつも映像の映ったスクリーンです。どっちもスクリーンには違いありませんが、真っ白なスクリーンは〝現れつつ隠れ、隠れつつ現れる〟。だから、実際に見ることはありえません」

相変わらず田淵さんの説明は明快だ。

「そういうわけで、世界を包む〝絶対無〟という白い紙も〈神〉ですし、一面にスナップ写真が貼りついて〝世界〟そのものになった紙も〈神〉です。別のいい方をすれば、絶対無という〈神〉が世界を見ている。しかし、見えている世界の方も同様に〈神〉である。キタロウの神には、こうした両面が、矛盾しながらぴったり重なり合ってるんです。その関係を彼は、〈無と有との絶対矛盾的自己同一〉ともいいます」

「無と有との絶対矛盾的自己同一ですか？　何だか、呪文みたい」

マダムがつぶやいた。確かにそうだ。でも、その呪文みたいなところが、キタロウの哲学の人気の秘密なんだけど……。

「先日も触れましたが、見えたり聞こえたりするような中身のない〈心そのもの〉を、キタロウは否定します。その点、絶対無も中身のない無色透明なものですが、かたちを持った世界と、一枚の紙の裏・表のように重なります。だから、こちらは実在といっていいわけです。いずれにせよ、〝われわれの深層にある絶対無〟を神だとすれば、われわれは神に包まれていることになりますし、世界そのものも神だとすれば、われわれ自身も神の一部ということになります」

「それじゃあ、私たちも神なんですね。まあ、すばらしいじゃないですか！」

マダムがいった。

「今までそんなこと、一度も自覚したことなかったわ」

「もちろん、しみじみと自覚するには、特殊な宗教体験が必要でしょう。でも、そうした途方もない宗教体験を、思わず予感させてくれるところが、キタロウの哲学の大きな魅力なんです」

ここまで話し終わって、ぼくはようやくケーキを食べはじめる。

# 4

「ともあれ、世界全体が絶対無の中にあるおかげで、〈今ここ〉の意識現象は、別の意識現象をのぞくことができます。これが、自己と他者の結びつきなんですが、それを、キタロウは〈絶対の他の結合〉と呼んでいます」

ぼくはまた、話を続けた。

「ホントに、呪文みたいな言葉ばっかりですね」

彼女がいった。

「まあ、〈絶対の他の結合〉については、こんな風にイメージしてみるといいですよ」

今度は、田淵さんが話し出した。

「さっきは、神、つまり絶対無を巨大な包み紙に例えたわけですが、今度は、無限の大きさのガラスの球に例えてみます」

聞きながら、思わず相づちを打つ。そうそう、世界は光り輝く一個の球だ！　ギリシアの哲人パルメニデスも禅僧の道元も同じことをいってるんだが、これがなかなか美しい比喩だとぼくは思う。キタロウも、世界を無限の大きさの円に例えているが、よく似たイメージかも知れない。

「特に、透き通ったガラスの球だというところが肝心です。ガラスだからこそ〝無〟のイメージにピッタリ合うんです。ぼくらの意識現象は、例えていえば、スナップ写真がプリントされた半透明のシールです。そんなシールがガラスの表面に無数に貼られてると思って下さい。ぼくらは、今ここの意識現象を経験していますが、それは、一つのシールが見えているということです。でも、シールは半透明だし、その下の絶対無もガラスですから、透かして見れば、ガラスのむこうの別のシールも全部裏側が見える。一つの個の中に全世界が現れるんです。今ここの私が昨日の私を思い出したり、他者と意志が通じたりするのは、そういうことを指してるわけです」

「なるほど、面白い例えですね」

「その場合、手前のシールは直接表が見えますが、他のシールは、手前のシールの下に重なって見え、しかも、裏側しか見えません。実際の経験でも、他の意識現象は今ここに直接見えるわけじゃなくて、〝過去〟や〝未来〟や〝他者〟という間接的な形で、今ここの意識現象に重なって見えるわけです。絶対無が意識現象を結びつけるとは、こういうイメージなんです」

田淵さんの説明の間に、ぼくはようやくケーキを食べ終わった。

「これで、〈絶対の他の結合〉まで無事にたどり着けましたね」

アイスコーヒーを一口飲んで、まとめに入った。

「キタロウのテキストでは、今の例の〝ガラスの球〟を〈絶対の他〉といったり、結びつく相手の〝別のシール〟を〈絶対の他〉といったりします。でも、〈絶対無を隔てた他者との結合〉という意味では、どちらでも構いません。十牛図でも、最後の第十図のテーマは、〈町に出て、新しい出会いをする〉ですから、〈出会い〉を説明したところで、キタロウの哲学も大団円というわけです」

ぼくは、締めくくった。

それから四人でいろんな話をした。もちろん、難しい話ではなく、表参道のブティックのことか、新宿の映画館のこととか、とりとめのない話ばかりだった。最初は少しドキドキするような男女四人の顔ぶれだったが、いつの間にかすっかり親しくなっていた。

本格的な夏が近づいているせいで、日が暮れるのは驚くほど遅い。それでも、気がつくと窓の外には灯りがともり、夕涼みのビールを楽しむ町の雰囲気が伝わってくるように感じる。

その日のぼくたちは、不思議なことに誰一人時間を気にせず、いつまでもいつまでも、おいしいケーキとおしゃべりにうち興じていた。

# 第八章　呼びかける声

## 1

「キーフレーズは〈永遠の今の自己限定〉っていうんだけど、イメージ湧くかな？」

ぼくは質問した。彼女との会話も、今では友達どうしのようなくだけた調子になっているのが、自分でも分かった。いつからこうなったんだろうと思い返してみても、よく思い出せない。

「それも難しそうな言葉ね」

彼女がいった。こちらもすっかり普段着の言葉遣いになっている。ホントに、いつからこうなったんだろう？

「〈自己限定〉というのは、自分で自分を限定することなんだ。他の誰かに限定されるんじゃなくて、〈おのずから特定の形になる〉っていうことだよ」

「特定の形になることが〈限定〉なの？」

「そうそう。何か特定の形や状態になることが〈限定〉なんだ。だから、例えば、何でも描ける真っ白な画用紙にバラの絵を描いたら、それは、画用紙を〈限定〉したことになる。でも、問題なのは〈永遠の今〉の方なんだ。これが分かれば、キタロウの世界観は分かったも同然だと思うな」

「〈永遠の今〉？ 〈今〉って、一瞬一瞬変わって行くから、永遠じゃないわよね」

「そうだね。だから、これはすごく謎めいた言葉なんだ」

そういって、ぼくはまた熱いコーヒーを一口飲んだ。

「ずいぶん昔に、こんな例を話したと思うんだけど、覚えてるかな？ どれぐらい前だったかは忘れたけど、確か、夏の始めの季節だったと思うよ。ぼくらの一瞬一瞬の意識現象をスナップ写真に例える。そんなスナップ写真が無数に並んでるのが、キタロウの考える〝世界〟で、その下には真っ白な台紙が一枚敷かれている。これがつまり〝絶対無〟だよ。でも、〝一枚の紙〟という時には、真っ白な台紙を指してもいいし、無数の写真が貼りついた状態の〝世界〟という紙を指してもいい。キタロウにとって、二枚の紙は矛盾しながらべったり重なり合ってるわけで、それが〈神〉の二つの顔だと彼は考えている」

「今でもよく覚えてるわ。〈無と有との絶対矛盾的自己同一〉ね」

「そうだね。ところで、絶対無に具体的な中味の付け加わったものが〝世界〟だ。そう考えれば、絶対無という真っ白な台紙がもともとあって、それが形のある世界に後から変化するっていう宇宙論的なイメージも出てくる」

「確かに、宇宙誕生の神話みたい」

「それだけじゃない。絶対無を〈神〉だとして、〈神が世界を生み出す〉といってもいいし、世界の方も〈神〉だとすれば、〈神が世界に姿を変える〉といってもいい。でも、そういう言い方は、どれもみんな便宜的な仮の〝イメージ〟に過ぎないんだ。だって、本当は、絶対無と世界に時間的な前後関係なんてないし、〈無と有との絶対矛盾的自己同一〉ということは、絶対無と世界が〈別ものでもあり、同じものでもある〉ってことだからね。言い換えれば、絶対無とは、〈絶対無かと思えば世界でもあり、世界かと思えば絶対無でもある〉ようなものである！」

「頭がおかしくなりそうだわ」

「そこで、イメージしやすいように、〈何もない絶対無がまずあって、それが形のある世界に変化する〉っていう二段階の流れを認めておく。あくまで、仮の表現だけどね。一方、絶対無は完全な〝無〟だから、時間も空間も何も含まない。それでいて、ぼくらの意識現象を〈今ここ〉に出現させるスクリーンでもあるから、絶対無の別名が〈永遠の今〉なんだ。そんな絶対無が、自分自身を〈限定〉して、時間や空間を含んだ具体的な世界に姿を変える。そのことを、〈永遠の今の自己限定〉と呼んでおこう。例えていえば、海面が波立ったり、テレビの画面に映像が映ったりするようなもんだよ。これが、キタロウが最初に考えた〈永遠の今の自己限定〉の意味なんだ」

「〝最初に〟っていうことは、後で考えが変わるわけ?」

「そうなんだ。もちろん、最初の意味でも使い続けるんだけど、同じ言葉に別の意味が後から付け加わる」

「それじゃあ、同じ言葉が二通りに使われるわけ?」

「そうさ。キタロウの本では、一ページの中でもそんなことはザラに出てくるんだ」

ここで、マダムが〝季節のケーキ〟を皿に載せて運んできた。

## 2

「海が波立つように絶対無が〈自己限定〉して、この世界が現れる。一方、世界とは、意識現象の集合体だ。ところで、意識現象というものは、いつも必ず、〈私の、しかも、現在の意識現象〉として現れる。当たり前のことなんだけど、分かるかな?」

「それはそうよ。他人の意識とか過去の意識が、目の前に直接現れるはずがないわ」

「賛成してくれてうれしいな。そうした意識現象の集合体が世界だから、世界とは、誰にとってもいつであっても〝現在〟のものでしかない」

「確かに。私たちの人生は、来る日も来る日も〝現在〟ばっかりだわ！」

「そのことを指して、〈永遠の今〉っていうんだ。だから、この場合の〈永遠の今〉は、絶対無じゃなくて、この世界のことを指している」

「紛らわしいのね。でも、意識現象を全部〝現在〟として同時に見ることはできないわ」

「そうだね。さっきの例でいうと、スナップ写真が無数に並んでいても、それを全部同時に一望のもとに見ることはできない。初期のキタロウは、それを〈神の純粋経験〉という言葉で表したけど、だんだんそういう言い方はしなくなる。それなら、世界は一体どういう現れ方をするのか？　それが、新しい意味での〈永遠の今の自己限定〉なんだ」

「？」

「つまり、こういうことさ。例えば、一面にスナップ写真が並んでるとして、その中の一枚だけが〈今ここ〉として現れる。そして、他の写真は全部、〈過去〉〈未来〉〈他者〉という形に変わって、〈今ここ〉の下に折りたたまれる。それらは、目の前にはっきり現れるわけじゃないけど、〈今ここ〉の中に潜在的に含まれ、間接的な形で現れてるんだ。別の瞬間には、別の写真が〈今ここ〉として現れる。他の写真は全部、〈過去〉〈未来〉〈他者〉という形に変わって、〈今ここ〉の下に折りたたまれる。正面に現れて、ぼくらに直接経験されるスナップ写真はいつも一枚しかない。でも、それは残りの写真全部を背後にたたみ込んでるから、結局、一枚のスナップ写真が世界全体でもある。だから、キタロウはいうんだ、『無限の過去と無限の未来が現在の中に含まれている』ってね。結局、一つの世界全体は、こうして次々に自分自身をたたみ替えながら、瞬間から瞬間へと姿を変えて現れてゆく。これが、〈永遠の今の自己限定〉なんだ」

## 3

しばらく、沈黙が続いた。

「今ここの意識の中に、無限の過去と無限の未来があるわけね」

彼女が、静かにつぶやいた。

「でも、過去や未来や他者が〈今ここ〉の意識現象の中に含まれるって、結局、どういうことなのかしら？」

「目の前に現れなくても、過去を思い出したり、未来を予想したり、他者を理解したりできるじゃない。それが、過去や未来や他者が〈今ここ〉にあるってことだよ」

「そうはいっても、無限の過去や無限の未来を、私はいつも考えたりしてないわ。それに、未来の予想がはずれたり、他者を誤解したりすることだっていくらでもあるし」

「なるほど、確かに心理現象としての回想や予想は、断片的だし当てにならない。でも、そういう心理現象の基礎に、もっと根源的な意味での過去や未来や他者との〝出会い〟が、前提としてあるんだよ。それが、昔、話したかも知れない〈絶対の他の結合〉なんだ」

「絶対無を隔てて意識現象が結びつくってやつね」

「そうそう。キタロウは、それを〈私と汝の関係〉とも呼んでいる。自分と相手がじかに触れ合って、ビビビビッて作用し合うような、とっても神秘的な呼びかけのことだよ」

「でも、そんな関係って、めったにないんじゃないかしら」

「そうだね。日常的な人と人との関係はもっと表面的なもんだ。駅の売店で物を買う時に、店員とビビビビッてやるわけじゃない。そういう惰性化した関係を、キタロウは〈私と彼の関係〉っていうんだけど、日常的にはこっちの方が大部分かも知れない。ということは、〈絶対の他の結合〉を〈私と汝の関係〉に限定しちゃうと、あまりにも稀な出来事になってしまって、〈現在の中に無限の過去と未来が含まれる〉という言葉の意味に合わなくなる。キタロウも、最初は〈絶対の他の結合〉イコール〈私と汝の関係〉だったんだけど、後から〈私と彼の関係〉に気がついて、こっちの方を強調するようになる。だから、むしろこう考えた方がいいと思うんだ。〈絶対の他の結合〉には深刻さのグラデーションがあって、〈私と汝の関係〉は深刻さの極端な場合だけど、〈絶対の他の結合〉自体はあらゆるレベルの深刻さを含んでる。極端な場合、実際に思い出したり、予測したり、会話したりしてなくても、その可能性だけでもいいんだってね」

4

「〈絶対の他の結合〉とか〈私と汝の関係〉っていっても、他人との〝出会い〟だけじゃなくて、過去や未来の〈私〉との〝出会い〟でもいいわけよね」

「もちろんだよ。だから、無限の過去と無限の未来が現在と結びつくんだ。〈汝〉といっても、文字通りの〝他人〟だけじゃない。場合によっては、山や川との出会いでもいいんだ。もちろん、山や川は目に見えない素粒子の集合じゃなくて、見たり聞いたり感じたりされる山や川だから、あくまでも意識現象の一種だけどね」

いいながら、ぼくは、便箋の束をはさんだノートを鞄から取り出した。

「キタロウの文章を書き出してきたから、読んであげよう」

一枚目の便箋を広げ、青いインクの文字を指でなぞりながら、ゆっくりと読み上げた。

私は汝を認めることによって私であり、汝は私を認めることによって汝である、私の底に汝があり、汝の底に私がある、私は私の底を通じて汝へ、汝は汝の底を通じて私へ結合するのである、絶対に他なるが故に内的に結合するのである。

「この文では、結合する相手のものを〈絶対の他〉と呼んでるけど、すべてを包む絶対無のことを〈他〉とか〈絶対の他〉と呼ぶこともあるんだ」

そういって、もう一枚の便箋を出し、そこにある文を読み上げた。

自己が自己自身の底に自己の根柢として絶対の他を見るということによって、自己が他の内に没し去る、即ち私が他において私自身を失う、これとともに汝もまたこの他において汝自身を失わなければならない、私はこの他において汝の呼ぶ声を、汝はこの他において私の呼ぶ声を聞くということができる。

「不思議な文章だわ。よく分からないけど、いかにも深遠な意味がありそうね」

彼女も自分で読み返し始め、しばらく黙って考えている。ぼくもじっと黙って、その様子を見守っていた。

「この便箋、もらって帰っていいかしら。家でも読み返したいんだけど」

「もちろんいいよ。今夜はもう遅いし、家でゆっくり読んだらいいんじゃないかな」

彼女は丁寧に便箋を折りたたみ、自分のバッグにしまう。それから、われに返ったように、壁に掛かった時計を見上げていった。

「もうこんな時間だわ。今夜はありがとう、先生。私だけのために遅くまで課外授業をしてもらえるなんて、感激しちゃいます。こんなチャンス、もう二度とないかもね」

夢からさめたように、明るい笑顔にもどっていった。

「そうかもね」

ぼくも心の中でつぶやいた。


「それじゃあ、私、そろそろ引き上げます。彩加《あやか》さんも、すっかり長居しちゃってごめんなさい」

カウンターの中のマダムに声をかけ、彼女はバッグを持って立ち上がった。

「お疲れさま。外は寒そうだから、カゼひかないように気をつけて帰ってね」

「おやすみなさい」

レジでコーヒー代を支払い、手を振って部屋を出ていった。

〈キタロウ〉の外の長い階段を下りてゆく足音が、あっという間に遠ざかって消えた。

5

彼女が出てゆくと、店の中はぼくとマダムの二人だけになった。外は物音一つしない夜の静けさだが、心なしかくつろいだ空気が漂う。

「お疲れさま、先生」

マダムはコーヒーのお代わりを二杯、盆に載せて持ってきた。テーブルにカップを並べて置き、そのままゆっくりエプロンをはずして、ぼくの隣の椅子に座る。細身の黒いジーンズと真っ黒なTシャツでぴったりと身を包み、長い黒髪を腰までのばした彼女は、いつものことながら息を呑むような妖艶な美しさだ。

「彩加ちゃんのコーヒーには、癒されるな」

クリームを入れて少し味わいながら、しみじみとぼくはつぶやく。一日の終わりには、こうしてぼくらは長年のパートナーに戻っている。もう〝マダム〟でも〝先生〟でもなく……。

「相変わらず、お世辞ばっかりね。でも、センセイ。さっきの彼女のこと、すっかりお気に入りなんじゃない？　好みのタイプってとこかしら」

一緒にコーヒーを飲みながら、大きな目で彩加も面白そうに笑った。

「ばかなこというなよ」

「ま、どうでもいいけど。あなたはいつも、浮気するたびに、愛情が深くなってくれるから……」

「みんなそうだよ。男っていうのは、そういう習性なんだ」

「勝手な理屈だけど、ホントにそうかも知れないわね。何しろあなたは心理学者なんだから、間違いないわ」

確かに、ぼくは心理学者だ。正確にいうと（あくまでも過去形だが）アマチュアの心理学者で、無資格・無学歴の精神科医だった。今となっては二十年以上昔だが、彩加と二人であやしげな催眠療法のクリニックをやったこともある。当時は、世間にバレたらまずいと思い、二人ともおかしな〝芸名〟で仕事をしていたもんだ。ぼくは、そのころはやっていたヒーロー映画の主人公を、名前だけ借りて気取っていた。

「好みのタイプかどうかはともかくとして、カルチャーセンターで初めて彼女を見たとき、以前どこかで会ったことがあると思ったんだ。最初はなかなか思い出せなかったけど、彼女が指にはめていた黒っぽい石を見て思い出したんだよ。昔、催眠療法の闇クリニックをやってたときの依頼人じゃないかってね」

「だったら、私も気がつくはずだけど、そういわれても、思い出せないわ」

「うん、なにしろ、昔のことだからな。ぼくの方も、ただの思い違いかも知れない。でも、彼女を見たとき、遠い記憶が蘇ってきて、それが、ぼくの意識を突き動かしたように感じたんだ。まるでキタロウのいう〈絶対の他の結合〉とか〈私と汝の関係〉みたいにね。それで、ぜひとも、彼女の前でキタロウの話をしてみたくなったんだ」

「だから、わざわざ彼女をここに連れてきて、キタロウの話を延々と聞かせたわけ？」

「そうさ。ホントに、何かに導かれてるみたいだった。不思議だよね……」

ぼんやり感慨にふけっていると、彩加はぼくの顔をのぞき込むようにしていう。

「私、来月彼女と二人で表参道にショッピングに行く約束をしてるの。彼女が昔の依頼人だったとして、どんなことを依頼したのかしら？　ぜんぜん思い出せないんだけど、ちょっと気になるわ」

ぼくは、長い長い記憶の糸をたぐりよせようとする。

「ぼくもよく思い出せない。でもまあ、大したことじゃなかったと思うよ。婚約者が出来たけど、その人が、大学の一年生の時に付き合ってた元の恋人とそっくりなんで、気持ちを整理したいとか、確か、そんな話だったんじゃないかな……」

「ところで、今夜は久しぶりに彩加ちゃんの歌が聞きたくなった。おねだりしていいかな」

ぼくは話題を変えた。

「いいわよ」

彩加はにっこりと笑い、カラオケの電源を入れに立った。

彼女のオモテの顔は、今でもれっきとした歌手だ。南太平洋の夕暮れを歌った「サモアの残照」は自作自演のオリジナル曲で、張りのあるしっとりとした歌声に、聞くたびにぼくは癒される。

それが、二人だけの深夜のリサイタルの、いつものお気に入りの一曲目だった。

今もまぶたを閉じれば思い出す、あの夏の夜
砂浜にすわって一人で海を見ていたあの少女のことを
目をひらけば海はもうたそがれ
浜辺には一羽の水鳥がじっと沖を見つめている

もう一度会いたい、あの夏に帰りたい
サモアの海に私はただ涙ぐむ
もう一度会いたい、あの夜にもどりたい
波の音は遠い日の過ぎ去った夢のざわめき

彩加の歌声を聞きながら、ぼんやりといろんなことを考える。

「もう一度会いたい、あの夏に帰りたい……」

まるで固まった心を解きほぐそうとするように、何度もぼくは歌詞を口ずさんでいた。

＊　＊　＊　＊　＊　＊　＊　＊　＊　＊

シャワーを浴びてさっぱりしたおかげで、気持ちが少し落ちついたように感じた。濡れた髪のまま、ジャージにトレーナーの部屋着姿で、私はテーブルの前の椅子に座る。カーテンを開け放した窓には部屋の中がくっきりと反射し、ガラスの向こうにあるはずの深夜の街は全く目に入らない。テーブルの上には、キタロウの謎めいた言葉が書かれたさっきの二枚の便箋が置かれていた。

〈私の底に汝があり、汝の底に私がある、私は私の底を通じて汝へ、汝は汝の底を通じて私へ結合するのである〉

〈自己が自己自身の底に自己の根柢として絶対の他を見る〉

〈私はこの他において汝の呼ぶ声を、汝はこの他において私の呼ぶ声を聞くということができ

る〉

絶対無を通して、〈過去〉が私に呼びかけるのだろうか。ホントにそんなことがありうるのだろうか。でも、もしそれが本当なら、あの不思議な原稿も〈過去〉の私からの直接のコンタクトなのかも知れない。

不吉なものを見るような気分で、テーブルの上のもう一つの紙束に目をやった。ワープロからプリントされた分厚い原稿の束が、そこに積み上げられていた。一番上にある最後の一枚を取り上げ、私は黙って読み返した。

〈ふと気がつくと、見送りの人たちがかたまっているすぐ後ろに、ほっそりと背の高い男性が、黒いコートを着て立っていた。長い髪にかくれて顔はほとんど分からなかったが、一瞬こちらを向いたときに、大きな鼻が鹿の鼻先のように見えて、妙におかしくなってしまった。

「トナカイさん」

つぶやきながら、私は窓に顔を押し当てた。

やがて、出発を告げる車内放送が流れ、ひかり号は音もなく動き出した。〉

私には心当たりのない、でも、私自身の物語がそこにはある。それは確かに自分の書いたものなのに、自分が書いたという実感がまるでなく、誰かに書かされたという感触しかなかった。

これがもしも〈過去〉の私からの呼びかける声であり、〈絶対の他の結合〉だとしたら、この物語は私の本当の過去を告げているのだろうか。

私は金沢で夫と婚約する前に、本当に自分の意志で自分の記憶を消したのだろうか？

物語の中のサクラという名の、やさしくて自信家で天真爛漫な若者は、本当に私の恋人だったのだろうか？　だが、物語の中のサクラはどことなく虚構めいて、影が薄いようにも思える。まるで〝やさしさ〟だけを純粋培養したような、現実の人間とは思えない空虚さを否定することができない。


ワープロの置かれた執筆用のデスクに目をやると、私と幼い娘の明菜と、すでに別れた夫の武史の三人が、仲良く写っている写真が目に入った。そして、その後ろの写真立てには、学生のころの私を写した古い写真が飾られていた。

何気なく立ち上がって、デスクに近づき、二十数年前の自分と向き合った。服装や雰囲気は間違いなく大学生時代のものだが、どこでどんな状況で撮ったのかはまるで思い出せない。だが、不思議な原稿を〝書かされている〟間中、彼女が呼びかけるような目で私を見ていたことも確かだ。

紡ぎ出されてゆく物語の主人公が誰のことなのか、ただの架空の人物なのか、私には最初、分からなかった。それが自分自身のことだと気づき始めたのは、彼女の視線を感じるようになってからだったと思う。

とはいえ、泣いているのか、訴えているのか、それとも誰かのことを夢見ているのか、微妙な表情はさまざまに想像できて、いつ見ても、印象が定まらなかった。

# エピローグ　恋、ふたたび

## 1

原宿駅の周辺は以前は若者の町といわれたが、〝円高〟の影響で、最近は外国人の町といった方がよさそうだ。肌の色もまちまちの大勢の外国人が歩いていて、風景全体が国籍不明のエキゾチックな趣をたたえている。ついさっきも、〝ハーメルンの笛吹き男〟のような衣装を着たグループが通り過ぎたが、あれは結婚式の行列のようだ。そんなパフォーマンスも、この場所でなら何の違和感もない。

表参道と「ラフォーレ原宿」でショッピングを楽しんで、明治通りを北に進むと、竹下通りの入り口のすぐ隣に九階建ての「パレフランス」がある。そこの一階に、〈バッカスの祝祭〉という名前の、いかにもヨーロッパ風のカフェが入っている。オープンテラスの最前列にいるのは、最近は、映画の中から抜け出したような美男美女の西洋人が多い。そんな中に普通の日本人が座っても、場違いに見えるんじゃないかと思わず気がひけてしまう。

だが、今日は特別だった。買い物袋をかかえて店に入った私たち二人を、ギャルソン氏は、当然のように最前列に案内してくれたし、周りが外国人ばかりでも気後れする必要は全くなかった。なぜなら、今日の私の同伴者は、一分前に妖精の国から抜け出したような、あの彩加さんだったからだ。

真っ白なタイトミニに、大きなお日様の絵のついた黒いTシャツとマディソンブルーのGジャンを着こなし、腰までのびた黒髪には黄緑色のカラーが混じる。私よりもかなり年上のはずなのに、華やかさは、〝バブル景気〟の現代でもまるで現実離れしていた。

〈キタロウ〉のマダムとしてはいつも〝聞き役〟で物静かな彼女だったが、今日はとても楽しそうにいろんなことを話してくれた。本業が歌手だというのもびっくりするような話だったが、カルチャーセンターの〝先生〟と二十年以上の付き合いだというのも今日初めて聞いた。それと、〝先生〟の本来の専門が心理学で、昔どこかで、精神科医をやっていたらしいということも。

「キタロウの哲学も、時々個人授業で教えてもらったわ。どれぐらい分かったかは、何ともいえないけど。でもキタロウは、哲学だけじゃなくて、精神科医の間でも別の意味で注目されてるらしいのよ」

　クロックマダムのサンドイッチをおいしそうに頬張りながら、彩加さんはいった。もっとも、こんな場所で、買い物帰りの女性どうしが哲学の話をしているとは、周りの誰も想像しないに違いない……。

「へえ、そうなの？」

「ほら、この前の話にあったじゃない。〈私は汝を認めることによって私であり、汝は私を認めることによって汝である、私の底に汝があり、汝の底に私がある、私は私の底を通して汝へ、汝は汝の底を通して私へ結合するのである〉って」

　驚いたことに、彼女は完璧に暗唱していた。

「これって、一部の精神科医にいわせると、スキゾフレニアの患者さんの心理そのものなんですって」

「それじゃあ、キタロウがスキゾフレニアだったの？」

「そうじゃないわ。キタロウがそんな病気だった記録はないし、そういう方面の知識があったとも思えないし。それに、キタロウの哲学が特定の精神病の研究だったとも思えないじゃない。だから、キタロウがあんな文を書いたのは、本当に不思議なのよ」

「でも、そもそもスキゾフレニアってどんな病気なのかしら?」

「簡単にいえば、自分と他人の境界があいまいになることらしいわ。症状としてはいろいろあるみたいだけど、例えば、自分が考えてることが他人の声として聞こえてきたり、他人が自分に代わって考えてると思い込んだりするのよ。ホントに不思議な話ね。それから、自分の行動の一つ一つが他人の意志によって行われてるって、そんな風に感じることもあるらしいの」

シーザーサラダに突き刺しかけたフォークが、一瞬止まった。

「へえ、そうなんだ。確かにすごく不思議な体験ね」

努めてさりげないふりをして、私は相づちを打った。

「そうでしょ! もちろん私はそんな経験ないけど、自分が誰かの意志で動かされてるなんて、ホントに実感しちゃったらどんな気分かしら。想像もつかないほど、不思議な感じだと思うわ」

聞きながら、自分の意識がみるみる虚《うつ》ろになってゆくのが分かる。

彩加さんは、話し続けた。

「〈絶対の他の結合〉を説明するキタロウの文が、なぜスキゾフレニアの症状を描写してるのか、はっきり説明できる人はいないみたい。でも、何となく、分かる気もするわね。だって、〈絶対の他の結合〉は、私の心と他人の心がどうして分かり合えるのかっていう疑問から始まったわけでしょ。私の意識は私の意識だし、他の人の意識は他の人の意識だから、映画でいえば完全に別の映画よ。それが結びつくっていうのは矛盾だし、ホントに不思議なことかも知れないわ」

「……」

「もちろん、結びつくっていっても、べったりくっついて一つになるわけじゃなくて、互いに〈呼びかける〉ことだといわれてるわ。でも、本当に心と心が通じ合うとすれば、自分と他人の境界なんて、〈あってないようなもの〉じゃない？　それって、結局、私たちみんなが、ある意味ではスキゾフレニアだってことじゃないかしら」

「……」

「もちろん、心と心が通じ合うといっても、日常のほとんどは、惰性で過ごしてるだけかも知れない。でも、駅の売店の店員さんみたいに惰性で接する相手でも、現に話が通じる以上、不思議さに変わりはないわね。だから、相手が自分の恋人か売店の店員さんかで、〝生々しさ〟に違いはあるけど、〈絶対の他の結合〉はどちらにも当てはまる神秘なのよ。その不思議さを強調するために、特別に親しい相手との、ものすごく生々しい〈関係〉を想像して描写すれば、結果的にそれがスキゾフレニアの心理に似てくるってことじゃないかしら」

「……」

「だからキタロウは、私たちみんなの日常の不思議さを暴き出したのよ。そんな神秘的な〈絶対の他の結合〉が、たとえ生々しさは薄まっても、私たちの普段の生活にいつも潜んでることを表現したかったんだわ。それって、ホントに神秘的だし感動的な話じゃない？」

「……」

「少なくとも、自分が誰かに動かされてるっていうスキゾフレニアのテレパシーみたいな妄想を、そのまま哲学的に証明したわけじゃないのは確かね。特殊な病気は、あくまで病気なんだから」

「……」

クロックマダムを食べおわった彩加さんは、にっこり笑ってコーヒーを飲み始めた。

## 2

彼女と別れて一人になった私は、茫然と、若者でにぎわう表参道を歩いていた。自分は本当に病気なんだろうか？　今のところ日常生活に支障は出ていないので、実際に「スキゾフレニア」だと診断されても、それほど不安を感じるとは思えなかった。ただ、「呼びかける声」が心の病いに過ぎないとすれば、私のあの〝過去〟も妄想でしかないことになる。

最初のうちこそ、それは半信半疑の夢物語だったが、今では、私の人生の一部になりかけていた。「過去からの呼びかける声によって、〈私と汝〉は結びつけられる」という哲学者の教えが、不思議な奇蹟の存在を保証してくれると思い始めていた。だから、姿を消してしまったサクラのことを、狂おしく恋い慕った〝かつての自分〟にも、日ごとに感情移入することができた。もちろん、サクラとの恋物語を自分自身の記憶として鮮明に思い出すことはできない。だが、その物語に次第に引きつけられ、おぼろげな面影に恋しさを感じ、ふと、いたたまれなくなることがあるのも事実だった。

あなたは今どこにいて、何をしているの……？

そう問いかけるたびに、記憶を消し去って別の人生を選んでしまった〝自分〟の行為が悔やまれ、今さら会えるはずのない彼を夢中で追い求めた。

それなのに、今ごろになって、冷酷な現実はすべてを否定しようとしている。〈やさしかったサクラ〉も、もはや実在ですらなく、この世界を離れて無限の彼方に遠ざかってゆく。そんなことを想像すると思わず胸がつまり、涙が出そうになった。

「お母さん！」

突然呼びかけられて、あわててわれに返った。クレープを食べながら通り過ぎた女子高生の一群のすぐ後ろに、娘の明菜が立っていた。隣には、彼女のボーイフレンドらしい青年がいて、娘にいわれてこちらを振り向いた。話に聞いていたフランス帰りの帰国子女らしいが、想像していた男性とは違い、中肉中背の、見るからに筋肉質の若者だった。

「意外なとこで会ったわね、お母さん。こちらが、同級生の明良《あきら》君よ」

娘が得意気に紹介し、青年は私に向かって礼儀正しく一礼した。

「確か、フランス語の翻訳をされてると聞きましたが」

青年がいった。

「まあ、時たまですけど……」

「お母さんは、エッセイストでもあるのよ。フランス料理のこととか、映画のこととか、住んだこともないのにいっぱい書いてるわ」

「それはすごいですね。ぼくもヨーロッパの政治史が専攻なんですけど、そういう文化の奥深いところは、まだ何にも分かりません」

「それに、小説も書いてるわ」

余計なことまでいうんじゃないの！と、思わず、心の中でつぶやいた。

場違いな場所に自分がいるようで、こんな所に来てしまったことを一瞬後悔したが、幸せそうな二人を見ているうちに、自分の遠い記憶が静かに蘇ってくるのを感じる。ただそれは、混乱し、矛盾だらけの、まるで夢のような記憶だ。どこまでが現実で、どこからが虚構なのか、今さら考える気にもなれない。二人の話し声が次第に虚ろになり、風に乗って次々に舞い落ちる枯葉だけが、今の私には不思議なほどはっきりと意識されている。

## 3

その夜、夢の中で彼を見てしまった。

真っ青な海を見下ろす明るい丘の上で、彼と初恋の彼女とが並んで坐っていた。目の前を風に乗って花びらが乱舞し、海の向こうには島影がかすんでいる。彼はやがて疲れたように草の上に横たわり、彼女は黙ってその寝顔をのぞきこんだ。

その姿を、私は後ろの木の影からじっと見守っていた。とても幸せそうな情景で、こちらから話しかけることも近づくこともできない。でも、見ているだけでこちらまでなごやかな気持ちになり、いつまでもずっとこうしていたいと願った。

そのうち、これは夢なんだと思いはじめ、夢だと自分に言い聞かせたが、目がさめることはなかった。ただ、時折思い出したように強い風が吹いて、そのたびに、花吹雪が大きく渦を巻いて、目の前を散って行った。

＊＊＊＊＊＊＊＊＊＊

〈バッカスの祝祭〉は今日はとてもすいていた。外の歩道には秋風が吹き、人々は心なしか足早に歩いている。そんな景色を横目に見ながら、私は、あの筋肉質の若者と向き合って座っていた。二人の前のテーブルには、大盛りのフライドポテトとカクテルビールのグラスが並べられていた。

「明良さんは、三年前に北フランスから戻られたんですよね」

私は尋ねた。

「そうです。両親も子どものころからずっとそこで暮らしてました。二人は幼なじみだったんです。でも、父は、ぼくと同じぐらいのころに、親に連れられて一旦日本に帰り、母だけがフランスに残りました。母はとても悲しんだようですが、父は日本でそれなりに青春を謳歌してたみたいですね」

青年はビールを飲み干した。

「でも、父はもともと病気がちだったので、日本にいる間に重い病気になって、数年後にフランスに戻りました。母は一生懸命父を看病して、それで二人はようやく結婚したんです」

「日本の思い出を、話したりなさったのかしら」

「本当に楽しかったたっていってたみたいですね。なんせ父は色男で遊び好きでしたから、日本で好きな人も出来てたようです。でも、そんな話を、母は嫉妬もせずに、温かく聞いてあげたみたいです。結局、自分の所に戻って来たわけだから、それでいいんだと思ったんでしょう。まるで〈放蕩息子の帰還〉みたいな話ですけど」

「ホントに愛情深いお母様なのね。それで、お父様の病気は治ったの？」

「母の看病の甲斐あって、なんとかよくなったみたいです。それで子どもも出来たわけですが、ただ、ぼくが生まれる直前に、父はアルプスにスキーに行って雪崩にあって死にました。だから、ぼくは直接父を見たことはありません」

「そうなの。お亡くなりになったの……」

「ホントに気まぐれな人生ですよ。母は実家が金持ちだったから、母もぼくも何不自由なく暮らせましたけど、そうでなければ、残った家族は大変なことになるところでした」

「それで、お父様のお名前は？」

自分で聞いておきながら、思わずドキッとする。だが、青年の答えは意外なものだった。

「平凡な名前ですよ。もっとも、日本にいたときは別名を名乗ってたみたいです。なにしろ遊び人だし、心機一転だとかいって、テキトウな通称を使ってたんですね。ぼくは全く聞いたこともありませんけど」

「そう……」

ため息をついてふと視線を落とすと、彼の指輪の黒い石が目に入った。

「最近は男の人でも指輪をなさるのね。とってもきれいな石だわ」

「ああ、これですか。どこかのバザーで買ったのかも知れないけど、よく覚えてません」

そういって、青年はフライドポテトの残りを無言で食べ始めた。

＊　＊　＊　＊　＊　＊　＊　＊　＊　＊

そこは、どこか見覚えのある教室の中だった。中庭に面した大きな窓からは、春のような明るい光と心地よい風が静かに部屋に入ってくる。それでいて、表通りの車の騒音は、三階のこの部屋にはまるで届かなかった。

「ぼくのこと、あだ名で呼んでくれてもいいんだよ」

目の前の彼が突然いいだした。ノートを片付けようとしていた私は、手をとめて彼の方に視線を向けた。こうして彼がいてくれることは、この部屋では当たり前のことなのに、なぜか私はわくわくして、喜びがこみあげるのを抑えられない。

「あだ名はどうでもいいわ。でも、一体全体、あなたは本当に実在しているの？」

ばかなことを聞いてしまったと思わず反省する。

「どっちでもいいじゃん」

さりげなく答えて、彼はまたにっこりと笑った。笑顔さえ見せれば私が満足するといまだに思ってるみたいだ。

「ずいぶん、いい加減なのね」

「そうかもね。でも、そんなことより、ぼくらが今こうして一緒にいることの方が大事なんだよ。一緒に過ごした思い出のすべてを、もしかしたら君は将来忘れるかも知れない。それでも、いつか、長い長い時間の後で、きっと思い出すことになるんだ」

「そんな後になって思い出すわけ？」

「そうさ。何十年もたって、いろんな人生を経験した後かも知れない。でも、君がこの世に生きている間に、必ず思い出すんだ。その時、君はぼくたちの〝今〟を、遠い記憶の中で一つ一つたどり直すことになる。まるで〈なつかしの時間旅行〉みたいにね」

さすがはSF作家志望のロマンチスト。いうことが違うわね、と思った。

「でも、あなたとはまた会えるの？」

肝心なことを聞いてみた。

「会えないかも知れない。人それぞれいろんな事情があるから、思い通りにならないことも多いんだ。多分、そのころにはぼくはもう君と会えないだろう。でも、それでも心配することはない。ぼくたちは生まれ変わって、必ずどこかで出会う。そして、もう一度恋をする。その時こそ、もう何も思い煩うことなく、いつまでも一緒に暮らせるんだよ」

午後の明るい光と不思議なほどの静けさの中で、一瞬時がとまったように感じる。彼が静かにほほえんでくれて、私もつられて微笑を返す。予想もしなかった不思議な話で、最初は半信半疑だったが、彼がいう以上きっと大丈夫だわと思い返すうちに、気持ちも次第に落ちついてゆくのが分かった。

＊　＊　＊　＊　＊　＊　＊　＊　＊

街路樹のケヤキは一面に黄葉し、歩道にもびっしりと落ち葉が敷きつめられて秋の深まりを感じさせた。物思いにふけりながら一人で歩いてゆくと、過ぎ去った年月の記憶が、泡沫のように脳裏によみがえった。喜びも悲しみもこの街で刻み始めて、もう三十年になろうとしている。ただ、同じ場所の、同じ街並みの中なのに、夢のように去来する思い出は、どれもが不思議なほど透き通っていた。

街の景色は、気がつかない間にすっかり変わってしまった。青山アパートメントはまだ残っているが、ツタにおおわれた壁の中は多くの住戸が目新しい商店に代わり、家族で住んでいる部屋はもうほとんどない。いずれは取り壊されるという噂も最近どこかで聞いた。

変わったといえば、自分を取り巻く家族も変わったし、今では老いの入り口にさしかかった自分自身も変わった。学生時代の明菜と何度もここでショッピングを楽しんだことを思い出し、記憶は、さらに遠く遡って、セピア色の過去へ浮遊する。

幼い明菜や武史といっしょにこの歩道を歩いたこともあった。そのころの私は、なぜか物に憑かれたように、一途に夫を愛そうとしていた。そんな切ない記憶も、今ではまるで秋の空気のように静かで、曇りなく、なつかしい。このサバサバした澄みきった気分は、一体何なんだろうと思う。


気がつくと、見慣れた教会の前に来ていた。真っ白な壁には、鮮やかな黒い描線でサンマのような魚の絵が描かれている。

「イエースース・クリーストス・テウー・ヒュイオス・ソーテール」

牧師の気さくな声が脳裏によみがえった。

「〈イエス・キリスト、神の子、救い主〉という意味のギリシア語です。五つの単語の頭文字をつなぎ合わせると、〈イクチュース〉というギリシア語になるんですが、これが〈魚〉という意味なんです。だから、教会の入り口には魚の絵を描くんです」

結婚式の時も、とても話の面白い牧師だった。おかげで、自分がこんなに落ちついていられるのも、〈神の慈悲〉かも知れないと一瞬思ってしまう。

ハネムーン先の明菜と明良の二人から、昨日届いた絵葉書を思い出す。北フランスの大西洋にのぞむ小さな港町で、おいしい魚料理を堪能したと書いてあった。〈神の子・救い主〉が、海の魚になって、若い二人を祝福してくれたのだろうか。

「あんな仲のいいカップルも珍しいですね」

牧師のいった言葉がまた脳裏によみがえった。

「あなた」

心の中で、彼に向かって呼びかけた。

「あなたは約束を守ったわ」

筋肉質の青年の顔が思い浮かんだ。

「生まれ変わってもう一度恋をするって。外見はすっかり変わっちゃったけど……」

シーン10は〈新しい出会い〉。十牛図の予言が、無事に成就したことを悟る。その瞬間、冷たい木枯らしの中を、一枚の枯葉が定めなく宙を漂うのが目に入った。

＊　＊　＊　＊　＊　＊　＊　＊　＊　＊

窓の外は真っ暗だったが、ところどころに街灯の光がぼんやりと浮かび上がる。貴船川の水音は、相も変わらず轟々と闇の中に鳴り響いていた。光のあるところに視線を向けると、山風に吹かれて、紅葉がはらはらと舞い落ちるのが見えた。

「月のように美しく、太陽のように暖かく、大地のように力強く」

鞍馬寺の呪文をもう一度ゆっくりと唱えた。そうすることで、祈りの力が、今という時間を永遠にとどめてくれることを願った。

彼が、もう一度私に口づけした。

「今日が過ぎていくわ。こんな幸せが、いつか消えてしまうのが怖い……」

「大丈夫だよ」

彼はやさしくなだめるようにいった。

「幸せはなくなったりしないし、忘れることもない。明日それを忘れても、すぐにまた思い出せるんだ」

「ホントに？」

「そうさ。たとえ何十年たっても、必ず今日のことをありありと思い出せる」

「そうなのね……」

少し気持ちがなごんで、闇の向こうの彼にほほえんだ。

「だったら、嬉しいわ」


虫の音に誘われて、窓の外の夜空に目を向ける。その瞬間、風に散る紅葉が、まるで滝のように密集して幻想の中を乱舞したように感じた。

＊　＊　＊　＊　＊　＊　＊　＊　＊　＊

「一つ一つの個の中に、全体が含まれるわけです。だから、個と全体とは、互いに〈含み、かつ、含まれる〉関係になる。この関係が、〈多と一との絶対矛盾的自己同一〉で、後期西田哲学の最大のキーフレーズになります」

教室の中は朝の明るい光に満たされ、ぼくは思わずうっとりしてしまいそうだった。

「個の中に全体が含まれるというのは、例えば、今ここにいる私が、過去の私や未来の私や世の中全体のことを意識できるってことですか」

最前列の前川社長がいった。とっさに思いついたにしては、いい解釈だ。

「確かに、そういう心理的な意味にもとれますが、もっと奥深い形而上学的な意味にもなります」

「なるほど。ところで、心理的といえば、過去の特定の記憶をキレイに消しちゃうってことは可能なんでしょうか。例えば、催眠術か何かで？」

前川社長がまた尋ねた。いきなり、何をおかしなことをいいだすやら！

「それは無理でしょうね」

あっさり答えるしかない。

「確かにそうですよね。ちょっと、聞いてみただけです」

社長が苦笑いし、周りの人々も思わず気をゆるめた。

「それでは、この続きは次回ということにしておきましょう。〈永遠の今の自己限定〉という摩訶不思議な概念について、ある程度お分かりいただけたと思います。今日は、ご出席いただき、本当にありがとうございます」

聴衆がゆっくり立ち上がるのが見え、やがて、堰を切ったように思い思いに談笑し始めた。教室の一番後ろの席では、紅一点の彩香が、にっこり笑ってぼくに手を振った。

＊　＊　＊　＊　＊　＊　＊　＊　＊　＊

「それじゃあ、おばあちゃん。まだ外は寒いから体に気をつけて暮らしてね」

若者はやせ細った私の手を握りながら、名残惜しそうにいった。ほっそりした体格と、色白で、見るからに繊細そうな顔立ちは、父の明良とまるで似ていない。

「今度来る時は、大好きなおばあちゃんにフランスのお土産を買ってくるのよ」

明菜がいった。自慢の息子を留学に送り出す日を迎えて、母親としての寂しさと誇らしさがはっきり顔に現れている。

「うん、絶対、買ってくるよ」

「それじゃあ、急ぎましょう。お父さんが外でお待ちかねだわ」

孫はもう一度片膝をついて、座ったままの私の手を握りしめる。それからおもむろに立ち上がり、何度もこちらを振り返りながら、母と一緒に病室を出ていった。


一人っきりになると、また窓の外の海を眺めた。今朝方は少し春めいて、穏やかな光と風が感じられたが、今は再び風が強まり、岸に押し寄せる波も激しくなっている。そんな風景を、ただぼんやりといつまでも見つめ続けた。

テーブルの上には、昨日、医師からもらったばかりの色とりどりの薬の袋が置かれ、その横には、あの古い原稿が積み上げられていた。見るともなく眺めながら、束ねられた紙の上の最初の数枚を手に取った。紙は黄色く変色し、ワープロ専用機でプリントされた文字はほとんどインクが剥落して、青春の物語はかろうじて読める程度の痕跡しか今は残していない。

〈彼の名は朝倉久。略してサクラ。年は私とほとんど変わらない。帰国子女。遊び人。そして、私だけのフランス語の先生だった。〉

力なくため息をつき、ぼんやりと数回読み返した。だが、過去からの〈呼びかける声〉は、あの日以来、三十年間沈黙したままだ。単調な海鳴りに心を奪われていると、すべては妄想だったのかと思わず納得してしまいそうになる。

気がつけば、目の前には、涙のしずくのようなオニキスが不思議な光を放っていた。なぜこんなものが今ここにあるのか、私にはまるで分からなかった。だが、妖しく光る闇のかたまりをじっと見つめていると、意識がどんどんその中に吸い込まれてゆくのを感じる。

心なしか外の光が明るくなって、もうすぐ春の訪れる気配がした。

五十五年前と同じ声が、私の耳に届いた。

「お待たせ!」

思わず自分の意識を疑った。

「長い間、すっかり留守にしちゃってごめんね」

その瞬間、七四歳の老人は、あの日の女子学生に完全に戻っていた。


（ノスタルジック・オデッセイ・完）

# 後書き

この物語は、近代日本を代表する哲学者・西田幾多郎の思想を探究した『国家論～穂積・美濃部・西田～』（重久俊夫・中央公論事業出版）の第二部を、小説に仕立てたものです。生と死をテーマにした対話篇の『潮騒の家～マヤと二人のニルヴァーナ～』（明窓出版）や、価値について論じた幻想小説『エデンの浜辺～楽園の恋と狂った果実～』（明窓出版）と合わせて、三部作ということになります。

ただし、『潮騒の家』と『エデンの浜辺』が、私自身の〝哲学〟を披露しているのに対し、本書の場合は、今や世界中で研究されている西田哲学の解説を目的にしています。私が必ずしも西田哲学の信奉者ではないことは、『潮騒の家』の哲学的注釈【5】でも説明していますが、たとえそうであっても、美術館で名画を鑑賞するように、〈古典的著作〉をしみじみと味わうのは有意義なものです。そのための、〝世界一分かりやすい〟ガイドブックとなることを努力目標にしたのが本書です。

実際、西田哲学は有名なわりには難解で、専門家の間でも、いまだに解釈が分かれています。それでいて、歴史的背景や、他の思想家との比較ばかりが盛んに論じられているのが現状です。西田の思想や伝記をマンガにした本も複数出ていますが、肝心なところが押さえられているとは思えません。そういうわけで、自分なりに西田哲学のツボをまとめてみるのも意義がありそうだと考えたわけです。

西田幾多郎は、三十代のころに坐禅修行に熱中し、「宗教」に対するシンパシーが生涯強かったといわれます。そこから、西田哲学は禅仏教の瞑想体験を記述したものだという〝俗説〟がいまだに根強く続いています。これは、仏教学者の鈴木大拙が西田の友人だったことや、宗教思想家・西谷啓治の独特な西田解釈によって権威づけられたものですが、実際には正しくありません。哲学としての西田哲学は、あくまで知的な思考の産物であり、「東洋思想に論理性を与えて世界に通用するものにする」ことこそ、西田にとっての大きな課題でした。

ただし、哲学で得た世界観が、彼自身が宗教体験で直観した内容と結果的にうまく合致し、体験としての宗教と、それを合理的に〈説明〉する哲学とが互いに引き立て合っていたということはいえます。

一方、十牛図は禅の修行過程を絵で表現したものであり、西田の著作にも登場します。もとより、彼自身の歩みに安易に当てはめることはできませんが、哲学的世界観の説明の道具として借用することは可能です。

しかも、十牛図はさまざまにアレンジすることができ、いろんな物事を十段階にランキングすることで、パロディとして楽しむ人もいます。もちろん、多くの水墨画の画題として使われてきたことも事実です。それゆえ、禅仏教にこだわることなく、そうした十牛図の面白さを存分に引き出してみたい。そう思い立ったところから、本書の構想はスタートしました。

私が最初に考えたのは、「二〇世紀の最も偉大なSF映画」といわれることもある、あるアメリカ映画のストーリーが、十牛図とそっくりではないかということでした。その映画が日米両国で封切られたのが一九六八年の四月。そこから、物語の舞台も、おのずから一九六〇年代後半に定まりました。それは、同潤会アパートや東郷女子学生会館の存在する高度経済成長末期の東京。もちろん、私自身は神戸に住む低学年の小学生で、東京の町などまだ見たこともなかった時代です。しかし、当時の風景をあらためて写真で眺めるうちに、空想は〈自発自展〉し、物語は徐々に形を整えてゆきました。

小説の中では、朝倉久という名のSF作家志望の青年が、新宿の映画館で〝その映画〟を見て、自分の執筆中の小説とそっくりなのにショックを受けます。ところが、ちょうどその場面を書いていた私自身も、同じような体験をしてしまいました。それは、リドリー・スコット監督のSF映画『火星の人』を劇場で見たことです。ストーリーは全く違いますが、その映像はまさに〝あの映画〟とそっくり！　『火星の人』を『オデッセイ』と意訳した邦訳者も、もしかしたらそのことを意識していたのかも知れません。

今回も、本文のフィージビリティー・チェックには、現代文学に造詣の深い職場の同僚の手をわずらわせました。彼女の的確な批評眼には、ただただ驚くばかりです。度重なるご厚意に対し、心から感謝したいと思います。

また、ロックバンド「アイヴォリー・タワー」の作詞家兼ヴォーカリストである通称レイラ（Layla♪）さんには、オリジナル曲「サモアの残照」の歌詞を、承諾の上、本文中で使わせていただきました。音楽を愛し美にこだわる彼女の生き方は、私にとって、大きなあこがれです。ただし、本文に登場する「サモアの残照」は、この物語のストーリーに合わせて改作したものであり、本来の歌詞はもっともっと〝シュール〟なものであることを書き添えておきます。

重久俊夫

## 注釈

【1】これが、十牛図だよ。古本屋で初めて見た時は、感動しちゃったよ。（第一章の1・五頁）

禅の修行過程を絵で表現した十牛図は、十篇の絵と、その各々に付随する漢文（序）と漢詩（頌）からなりたっています。中国（宋代）の禅僧・廓庵《かくあん》の描いたものが有名ですが、それ以外にもさまざまな人の作品があり、細部が異なっています。本文では、室町時代の相国寺の禅僧・周文（字《あざな》は天章）の描いた作品をもとに記述しました。それゆえ、例えば、第十図の題は、本来は〈町に出て暮らす〉ですが、周文の絵にもとづいて、〈新しい出会い〉にアレンジしています。

【2】琵琶湖の西岸だよ。桜の名所の海津大崎から撮ったんだ。今年も桜の季節になったら、もう一度行って、目に焼きつけて来るつもりだ。いつか、ぼくが画家になったら、この景色を絵にしてみたいからね。（第三章の2・四一頁）

海津大崎から望む春霞にけむる竹生島は、一九九二年、日本画家の曲子明良《まげしあきら》画伯によって実際に描かれました。「琵琶湖四題」の中の一つで「春朧《はるおぼろ》」と名づけられ、中目黒の「郷《さと》さくら美術館」で見ることができます。

【3】「何これ！」私は思わず絶句した。まるでSFそのものじゃない！　こんな神話が、牛若丸の時代からここにあるとは信じられなかった。（第三章の4・五四頁）

牛若丸伝説で有名な鞍馬寺は、奈良時代から平安時代への変わり目ごろに創建され、もともとは武神・毘沙門天《びしゃもんてん》（ヴァイシュラヴァナ）を祀る草庵でした。毘沙門天とともに千手観世音も祀られるようになり、後には真言宗、天台宗に所属しました。しかし、二〇世紀になって、住職の信楽香雲《しがらきこううん》が鞍馬弘教を開宗し、一九四九年に鞍馬寺を鞍馬弘教総本山とします。護法魔王尊（サナート・クマラ）が六五〇万年前に金星から地球に降臨したというような、まるでSFのような教義は、それ以後のものです。

【4】絶対無というのもそれと同じで、われわれが経験する意識現象を〝今ここにあらしめる〟〈存在の根拠X〉です。（第五章の2・九十頁）

絶対無が、映写機の光のような〈存在の根拠〉であるとすれば、それは、フィルムのような〈かたちの根拠〉とは異なります。映写機の光が映画の内容まで決めるわけではないからです。しかし、映写機の光がなくなれば映画も消滅し、フィルムの作用も無に帰してしまいます。そこから、映写機の光が映画の内容まで生み出しているような錯覚が生じ、〈存在の根拠〉と〈かたちの根拠〉はしばしば混同されることになります。

第七章で触れるように、西田哲学では、かたちのない〈絶対無〉とかたちのある〈世界〉とが、不即不離の関係で重なり合うと考えました。これが、〈無と有との絶対矛盾的自己同一〉です。一方、絶対無から〝かたち〟が湧きだして、自らをかたちのある〈世界〉に転化させるという説もあり、これが、プロティノスのいう〈発出論〉です。西田の説明も、テキストによっては、こうした発出論に近い場合があります。さらにいえば、絶対無（絶対者）を〈絶対自由意志〉とか〈宇宙の運命的衝動〉と言い換え、〈かたちの根拠〉と同一視するケースもあって、西田のテキストには揺らぎがあるといわざるをえません。

【5】そういえば、〈無一物〉は、桃山時代の赤楽茶碗の名前にもありますよ。侘びた赤土が、穢れようのない〈無一物〉を象徴するわけですな。（第五章の2・九四頁）

〈無一物〉は、現在、兵庫県西宮市の頴川《えがわ》美術館の収蔵品となっています。作者は樂家の初代・長次郎です。

【6】近代になってから、絶対無の思想を哲学的に再構築したのが、このカフェの名前にもなってる天才哲学者・キタロウです。絶対無という言葉をはやらせたのもキタロウ自身です。（第六章の1・一〇五頁）

西田幾多郎の略歴は次の通りです。一八七〇（明治三）年、北陸の能登の富農の家に生まれ、東京の「帝国大学」文科大学で哲学を学びました（ただし、正規の卒業生ではありません）。その後、郷里に近い金沢の旧制高校で教鞭を執りながら独自の哲学研究と坐禅修行に励み、その成果を、一九一一（明治四四）年、『善の研究』と題して出版しました。出版の前年、「京都帝国大学」に招聘され、一九二八（昭和三）年に退官するまで、京都にあって研究と教育に従事します。当時の弟子や同僚の間に西田の思想的影響が及び、彼らが後に、哲学における「京都学派」と呼ばれるようになります。京大退官後も精力的に「西田哲学」の構築を続け、一九四〇（昭和一五）年には文化勲章を受章し、第二次世界大戦の敗戦を目前にした一九四五（昭和二〇）年六月、鎌倉で病没しました。

【7】意識現象の意味内容に注目すれば不純な経験にもなりますが、意識現象全体をまるごと一つのイメージとして受け取れば、常に必ず純粋経験なんです。その意味では、二十四時間すべての経験は、例外なく純粋経験だといっていいわけで、キタロウ自身もはっきりそう書いています。（第六章の4・一一四頁）

『善の研究』の冒頭では、「主もなく客もない」「毫《ごう》も思慮分別を加へない」経験だけが純粋経験だといわれますが、その直後に、「凡《すべ》ての精神現象がこの形に於て現はれるものである」といわれます（『新版・西田幾多郎全集』巻一、九〜一〇頁）。両者の〝矛盾〟を解明することが、『善の研究』第一編の目的なのです。

まず、あれこれと考えることは思慮分別ですが、その思慮分別の中の一瞬一瞬の心の動きは直観的な意識の連続であり、〝思慮分別された結果〟ではありません。ゆえに、これらも純粋経験です。また、「ぼくが君を見ている」と思う時には、主（主体）も客（対象）も意識に含まれています。しかし、この意識現象全体は、おのずから今ここにあるものであって、〈誰か〉が、〈この意識現象〉を、テレビを見るように見ているわけではありません。また、第七章でも触れるように、世界を見る絶対無と、見られる世界とは、重なり合って神（絶対者）の二つの顔となり、見るもの（主）と見られるもの（客）とを切り離すことはできません。それゆえ、こうした意識現象もすべて「主もなく客もない」純粋経験なのです。

従って、西田は、書評に対する反論の中で、次のように結論づけます。

「余が第一編「純粋経験」に於て論じた所は、純粋経験を間接な非純粋なる経験から区別することを目的としたのではなく、寧《むし》ろ知覚、思惟、意志及び知的直観の同一型なることを論証するのが目的であつたのである」「すべてが純粋経験であつて、従つて之《これ》に程度上の差異をつけたり、厳密とか、不厳密とかいつたりするのは無意義のことなのであらう」(『全集』巻一、二四一～二二頁)。

【8】確かに、唯心論といえなくもありません。キタロウ自身、意識現象を純粋経験と言い換えた上で、『純粋経験を唯一の実在としてすべてを説明する』といってますし、『実在とは意識現象すなわち直接経験の事実あるのみだ』ともいっています。(第六章の4・一一六頁)

物体を〈知覚の可能性の集合体〉と考えることは、イギリス経験論哲学で〈センシビリア論〉といわれ、西田哲学でも、こうした自然観が〝後期〟まで継続しています。ただし、唯心論を許容するといっても、「自分の〈心〉が世界を決めている」といった意味では全くありません。第八章でも触れるように、今ここの意識現象には世界全体が現れているのであって、その点を指して西田は「絶対的客観主義」とか「主体即世界」「物と我との絶対矛盾的自己同一」と呼んでいます。

【9】ところが、キタロウの神は、そういう風に世界を外側から見る神じゃなくて、この世界そのものなんです。だから、怒ったり喜んだりするような特別な意識は何もありません。(第七章の3・一二七頁)

『善の研究』第四編には次のように書かれています。「神には反省なく、記憶なく、希望なく、従つて特別なる自己の意識はない。凡てが自己であつて自己の外に物なきが故に自己の意識はないのである」(『全集』巻一・一四六頁)。

【10】キタロウの神には、こうした両面が、矛盾しながらぴったりと重なり合ってるんです。その関係を彼は、〈無と有との絶対矛盾的自己同一〉ともいいます。(第七章の3・一二八頁)

AとBとが「絶対矛盾的自己同一」だというのは、AとBとが、全く異なったものでありながら、それにもかかわらず、常に同一だという意味です。(「自己同一」とは、数学用語の「アイデンティティー」から来ていて、〈条件のいかんにかかわりなく、同じであり続ける〉という意味です。)

異なっているのに同じだというのは文字通りの〝矛盾〟ですが、世界はこうした矛盾の上に成り立っているという考えが「絶対弁証法」です。また、こうした考えは、鈴木大拙のいう「即非の論理」とも同じであり、そのことは、一九四五年三月十一日付けの鈴木宛て書簡の中で、西田自身が明言しています。

【11】私は汝を認めることによって私であり、汝は私を認めることによって汝である。私の底に汝があり、汝の底に私がある、私は私の底を通じて汝へ、汝は汝の底を通じて私へ結合するのである、絶対に他なるが故に内的に結合するのである。（第八章の4・一四〇頁）

この文章は、一九三二年の論文「私と汝」に出ています（『全集』巻五・二九七～八頁）。「私と汝」は、中期西田哲学を代表する論文集『無の自覚的限定』（一九三二年）に収められており、ドイツの宗教思想家マルチン・ブーバーの『我と汝』に題名もテーマも似ていますが、影響関係はないことがすでに証明されています。「自己が自己の底に自己の根柢として絶対の他を見ることによって～」という引用文も、「私と汝」の一節です（『全集』巻五・三二一頁）。

【12】これって、一部の精神科医にいわせると、スキゾフレニアの患者さんの心理そのものな

んですって。(エピローグの1・一五三頁)

西田哲学とスキゾフレニアの関連性は、精神科医の木村敏氏の次のような著作において論じられています。「精神分裂病の症状論」一九六五年(『木村敏著作集』巻一、弘文社、二〇〇一年、二八七頁以下)。「生命・身体・自己～統合失調症の病理と西田哲学」『日独文化研究所年報』第二号、二〇〇九年。「西田哲学と私の精神病理学」『西田哲学会年報』第10号、二〇一三年。

【13】青山アパートメントはまだ残っているが、ツタにおおわれた壁の中は多くの住戸が目新しい商店に代わり、家族で住んでいる部屋はもうほとんどない。いずれは取り壊されるという噂も最近どこかで聞いた。(エピローグの3・一六四頁)

同潤会・青山アパートメントは二〇〇三年に解体され、二〇〇六年にオープンした表参道ヒルズは、その跡地にあります。〈バッカスの祝祭(オー・バカナル)〉が入居していたパレフランスが閉店・解体されたのも二〇〇三年。その跡地は、一三階建ての原宿タウン〈神宮前計画〉として二〇一七年にオープンします。一方、一九六八年に開館した東郷女子学生会館は、一九九一年に閉鎖され、跡地は現在、警備会社セコムの本社ビルになっています。

## 【参考文献】


アーサー・クラーク『二〇〇一年宇宙の旅』伊藤典夫訳、早川書房、一九七七年（原・一九六八年）
井筒俊彦『意識と本質』岩波書店、一九九一年
井筒俊彦『意識の形而上学』中央公論社、一九九三年
井上克人『〈時〉と〈鏡〉～超越的覆蔵性の哲学～』関西大学出版部、二〇一五年
上田閑照・柳田聖山『十牛図～自己の現象学～』筑摩書房、一九八二年
河波昌編著『場所論の種々相』北樹出版、一九九七年
小坂国継他編『新版・西田幾多郎全集』巻一～巻二四、岩波書店、二〇〇三～九年
小坂国継『西田哲学の研究』ミネルヴァ書房、一九九一年
小坂国継『西田幾多郎』ミネルヴァ書房、一九九五年
古東哲明『〈在る〉ことの不思議』勁草書房、一九九二年
重久俊夫『国家論～穂積・美濃部・西田～』中央公論事業出版、二〇一五年
ジャック・サドゥール『現代ＳＦの歴史』鹿島茂他訳、早川書房、一九八四年（原・一九七三年）
田中久文『日本美を哲学する』青土社、二〇一三年
谷山茂『幽玄』（『谷山茂著作集』巻一）角川書店、一九八二年

長山靖生『戦後ＳＦ事件史』河出ブックス、二〇一二年
新形信和『無の比較思想』ミネルヴァ書房、一九九八年
ブルーガイド編『東京懐かしの昭和30年代散歩地図』実業之日本社、二〇〇五年
壬生篤『昭和の東京、地図歩き』廣済堂出版、二〇一三年

◎ 著者プロフィール ◎

重久俊夫（しげひさ　としお）

1960 年　福井県福井市生まれ
東京大学文学部（西洋史学）卒業
兵庫県在住
研究分野　　哲学・比較思想史
人文死生学研究会（世話人）

著　書

『夢幻論　～永遠と無常の哲学～』（2002 年）
『夢幻・功利主義・情報進化』（2004 年）
『世界史解読　～一つの進化論的考察～』（2007 年）
『時間幻想　～西田哲学からの出発～』（2009 年）
『メタ憲法学　～根拠としての進化論と功利主義～』（2013 年）
『国家論　～穂積・美濃部・西田～』（2015 年）
いずれも中央公論事業出版
『潮騒の家　～マヤと二人のニルヴァーナ～』（2012 年）
『エデンの浜辺　～楽園の恋と狂った果実～』（2014 年）
いずれも明窓出版

論文

「近代化理論のフレームワークと現代ギリシア」（1987 年）
「『心の哲学』と西田哲学」（2010 年）
「憲法学者・上杉慎吉の国家観」（2017 年）

ノスタルジック・オデッセイ
失《うしな》われた愛《あい》を求《もと》めて

重久《しげひさ》俊夫《としお》

明窓出版

平成二九年五月一日初刷発行
発行者――麻生 真澄
発行所――明窓出版株式会社
〒一六四―〇〇一二
東京都中野区本町六―二七―一三
電話 （〇三）三三八〇―八三〇三
ＦＡＸ （〇三）三三八〇―六四二四
振替 〇〇一六〇―一―一九二七六六
印刷所――日本ハイコム株式会社
落丁・乱丁はお取り替えいたします。
定価はカバーに表示してあります。


ホームページ http://meisou.com
ISBN978-4-89634-371-7

# エデンの浜辺
## ～楽園の恋と狂った果実

**重久俊夫**

彼らは『エデン』と呼ばれる楽園の島で生まれ育ち、何ひとつ不自由のない毎日を過ごしていた。外の世界を知らず、また知る必要もなかったはずの若者たちには、楽園以外の世界を知りたいという気持ちが芽生えることはないとされていた。
一方、『喫茶エデン』を訪れる大学生サークル「SF同好会」のメンバーたちは、天才哲学者と出会うことにより、楽園とは何か？　とあらためて考えることになっていく――
並行する2つの世界のエピソードをサスペンスと恋物語で追ううちに、読者は奇妙な感覚をもつはずである。常識が非常識なのか？　それとも非常識が常識なのか、想像力が試される。読後、あなたのもつ感性は変化せずにいられるだろうか――？

哲学とは何かを比較的わかりやすく描写しているので、哲学について興味をもったばかりの方々にも読み進めやすい本です。

本体1500円